AF221574

Christian Knull

Ich sag Du zu mir
Geschichten von Frau Kredelbach

Christian Knull

Ich sag Du zu mir

Geschichten von Frau Kredelbach

Kurzgeschichten

Bibliografische Information der Deutschen Nationalbibliothek:

Die Deutsche Nationalbibliothek verzeichnet diese Publikation in der

Deutschen Nationalbibliografie; detaillierte bibliografische Daten sind

im Internet über http://dnb.dnb.de abrufbar.

© 2022 Christian Knull

Herstellung und Verlag: BoD – Books on Demand, Norderstedt

ISBN: 9783756820429

INHALT

Die Filmwohnung

M it Blumen fing es an. Gerbera. Langstielig. Die mit dem grünen Draht um den schlanken Hals, damit sie nicht umkippen. Ich hatte einen Strauß bunter Blumen binden lassen und als Krönung einige Gerbera genommen. Ihre feuerroten Blütenblätter sahen sehr weihnachtlich aus.

Blumen in der Hand, das Papier halb abgezogen, stehe ich im Flur, eine Etage unter meiner Wohnung, und nehme den Finger vom Klingelknopf, als ich ihre Schritte höre. Es ist Heiligabend. Langsam öffnet sich die Tür. Frau Kredelbach steht im Türrahmen, guckt freundlich und sagt, isch han ald gewaadt.

- Ah, sage ich überrascht, Sie haben schon gewartet?, und verhaspele mich. Ich komme wegen der Treppe, sage ich, ich möchte mich bei Ihnen wegen der Treppe, jetzt zu Weihnachten, wird ja Zeit, dachte ich, also weil Sie unsere Treppe, jede Woche …

- Kommen Sie rein, ich mache uns eine gute Tasse Kaffee.

- … putzen, murmele ich in ihren Rücken, und sie geht voran, und ich sage, müssten Sie wirklich nicht.

- Nicht direkt gewartet, sagt Frau Kredelbach, dass Sie das nicht missverstehen, aber als ich Sie heute Morgen mit den Blumen sah, habe ich gehofft, also gedacht, nur ein bisschen, sie macht eine vage Handbewegung, ich weiß ja nicht, was Sie heute so vorhaben …

Frau Kredelbach wohnt unter mir. Schon immer. Ein ganzes Leben lang wohnt sie dort. Und seit der Dachboden zu einer Wohnung ausgebaut wurde, sind wir Nachbarn. Eine schöne Wohnung habe ich, mit Dachflächenfenstern und Schräge bis zum Boden und vielen dunkel gebeizten Dachbalken. Wollen Sie mal sehen, wie es geworden ist?, habe ich Frau Kredelbach gefragt, als sie die Steintreppe feucht wischte. Kenne ich, kenne ich, hat sie abgewehrt. Ich habe da meine Wäsche getrocknet.

Das wars.

Wäsche getrocknet.

Sie wischte weiter.

Ich wohne da, wo Frau Kredelbach die Wäsche über ihre Leinen hing, nach dem Krieg und auch später noch, als sie schon längst eine Waschmaschine besaß, ihre Handtücher, die Hemden ihres Mannes, die Socken, die Unterwäsche, wo sie all das auf dem Dachboden trocknete, ein halbes Jahrhundert lang, wahrscheinlich länger. Und weil Frau Kredelbach seit Ewigkeiten im Haus lebt, hat sie darauf bestanden, weiter die Treppe, die zu unseren Wohnungen führt, zu putzen - trotz des neuen Mieters und seiner halbherzigen Einwände.

Aber an Heiligabend tilge ich die Schuld, die sich im Jahr aufgetürmt hat, da kommt meine Stunde, mit einem großen Strauß Blumen, und doch will es mir nicht gelingen, meine Schuld abzutragen, sie wächst immer weiter, und das liegt an einer Tüte.

- Setzen Sie sich auf die Bank, sagt Frau Kredelbach. In ihrer Küche steht eine helle Eckbank, in der Mitte ein

Tisch mit Resopalplatte. Sie wischt drüber, stellt zwei Tassen hin und gießt kochendes Wasser in den Kaffeefilter.

- Nein, sind die schön, sagt sie. Der Strauß passt kaum in die Vase, ich habe mir die Vase vorhin schon mal, sagt sie, nur für den Fall, ist aber zu klein, habe ich mich verschätzt, ist ja wirklich schön, so groß, ich habe auch was für Sie. Ühr Tüüt es do unge.

Ich habe die mit Süßigkeiten prall gefüllte Tüte, die sie griffbereit am Stuhlbein abgestellt hat, schon vom Flur gesehen und befürchtet, dass Frau Kredelbach sie für mich gepackt hat.

- Das ist nicht nötig, protestiere ich, Sie machen mich verlegen, das ist viel zu viel. Ich wollte mich bei Ihnen …

- Milch?

Nougattafeln und Dominosteine beulen die Plastiktüte aus, Lebkuchen hat sie eingepackt, ja reingezwängt, die Edelmarzipan-Baumstämme des Discounters liegen wie beim Mikado aufeinander, dazwischen sehe ich Weingummi, gezuckertes Gelee, Erdnüsse mit und Kekse ohne Schokoladenmantel, eine derartige Menge an Süßigkeiten, dass eine Großfamilie aus dem Jubeln nicht mehr herauskäme.

- Mein Sohn kriegt die andere, sagt Frau Kredelbach. Da, haben Sie gesehen? Sie zeigt neben die Tür. Und als gelte es jeden Zweifel im Keim zu ersticken, sagt sie, ist dasselbe drin.

Frau Kredelbach hält sehr auf Gerechtigkeit.

- Danke, sage ich.

- Bitte, sagt sie.

Ich suche nach Worten.

Sie gießt Kaffee ein.

- Sehen Sie ihren Sohn heute?

- Morgen.

- Ah.

- Die holen mich ab.

Die sind ihr Sohn und seine Frau. Aber im Grunde doch eher ihr Sohn, und Frau Kredelbachs Augen beginnen zu leuchten.

- Ooh, der hät en Wunnung!

Sie schlägt die Hände vors Gesicht. Ich bemerke, dass sie beim Frisör gewesen ist, war mir nicht aufgefallen, peinlich, denke ich, und will ihr ein Kompliment machen.

- En Draumwunnung, sagt sie.

- Eine Traumwohnung, wo?, frage ich.

- Der Hubert ist umgezogen, sagt Frau Kredelbach feierlich. Die müssten Sie sehen, die Wunnung. Weiße Sofas, und groß. Die geht um die Ecke, die Wunnung, zwei Mal, überall Fenster. Da könnten Sie glatt einen Film drin drehen, ne Filmwunnung.

- Haben Sie nicht erzählt, dass er in Zollstock wohnt?

- Rodenkirchen, sagt sie, nicht mehr Zollstock, kennen Sie bestimmt, die Hochhäuser, direkt am Rhein. Nein, was sind Ihre Blumen schön.

- Was macht ihr Sohn?, frage ich.

- Mein Sohn, sagt Frau Kredelbach, und ein Ruck geht durch ihren Körper, sie wird größer und ihr Blick schwingt sich auf, mein Sohn, der fährt, und so, wie sie spricht, klingt es, als fliege er einen glitzernden Dreamliner, der fährt Bus, sagt sie, aber einen großen, so einen langen, wie heißen die gleich, die neuen, die so federn, die mit dem Schwung …

- Gelenkbus?

- Ja, der Hubert ist bei der K-V-B.

Frau Kredelbach betont jeden Buchstaben mit glänzenden Augen.

- Sollten Sie mal sehen, wie der fährt, das kann nicht jeder, auch nicht bei den Kölner Verkehrsbetrieben, so elegant, so gekonnt.

Sie breitet die Arme aus, als griffe sie um ein großes Lenkrad, dabei will sie doch nur die Arme um ihren einzigen Sohn legen, dann senkt sie ihren Blick.

- Ävver de Wunnung, hoooch, sagt sie und bricht ab, die Hände vor ihrem Gesicht, nä nä nä.

Damit ich nicht sehe, wie ihr die Sorgen um die hohe Miete zusetzen, springt sie auf, eilt ins Wohnzimmer und kommt mit einer dicken Apfelsine zurück.

- Die kriegen Sie auch noch.

Sie hat eine Träne im Auge.

- Frau Kredelbach, sage ich hilflos.

Sie bückt sich nach meiner Weihnachtstüte und versucht die Apfelsine hineinzustopfen. Die Tüte bekommt bedrohlich Schlagseite, und ich sehe unter dem Tisch die Hände von Frau Kredelbach, die vergeblich Süßigkeiten hin- und herschieben und drücken.

- Und ihre Schwiegertochter. Was macht die?

- Mmmh, kommt es von unten.

Frau Kredelbach rüttelt an der Tüte.

- Die arbeitet auch?

- Jo, sagt sie knapp und zerrt eine Schachtel mit Dominosteinen heraus.

- Dat Vivien hat sogar eine Putzfrau.

- Für die Filmwohnung?

- Für die Treppe.

- Ach, sage ich. Und womit verdient sie ihr Geld?

- Die? Die schnigg ander Lück de Hoor.

Mein Stichwort, Haare schneiden, denke ich, und bedaure, dass ich über die Geschichte mit der Traumwohnung wieder vergessen habe, Frau Kredelbach ein Kompliment zu machen, deute auf ihre Frisur, sehr schön geworden, Ihre Frisur, sage ich mit strahlendem Lächeln, wirklich gut geschnitten, was nicht geschwindelt ist, aber auch nicht einfallsreich, denn Frau Kredelbach hat wenige Haare, und sie wirken, ich weiß nicht, warum ich an Blumen denken muss, ein bisschen welk, und leider schiebt sich das Bild des Blumenbindens in den Vordergrund, und ich sehe wieder Gerbera, kein Wunder, ich hatte mich im Blumengeschäft nicht entscheiden können, und minutenlang die dünnen Drähte, die die Gerbera halten, bewundert, und so ein Geflecht, ganz fein, vielleicht in hellgrau, wenn man es geschickt anstellte …

Frau Kredelbach guckt mich empört an, und ich weiß nicht, ob sie Gedanken lesen kann.

- Ming nit, meine Haare doch nicht, sagt sie. Da lass ich das Vivien nicht dran.

Man hört sie nicht kommen

Das Pedal ist im Weg. Es hängt auf den steilen Stufen der Kellertreppe da, wo ich meinen Fuß hinsetzen will. Ich hebe ich mein Rad an und stoße mit dem Vorderrad gegen eine Stufe, der Lenker springt mir entgegen und trifft mit der scharfkantigen Fahrradklingel meine Stirn.

Oben höre ich Frau Kredelbach schimpfen.

- Du Strunzbüggel, mir hier über die Fööss, du avjelecke Heringsstetz, und nicht mal anhalten.

Ich stolpere die letzten Stufen hoch, setze mein Fahrrad ab und reibe mir die Stirn. In der geöffneten Haustüre sehe ich Frau Kredelbach, weit vornübergebeugt blickt sie zur Berrenrather Straße und brüllt, du Rievkoocheje-seech, dich meine ich, ja dreh dich ruhig um, du Hungksfott du.

- Was ist passiert?, frage ich.

- Dem habe ich es gegeben, sagt sie zufrieden, blickt noch mal um die Ecke und sagt, jetz es er fott.

- Ein Radfahrer?

- Ein Kerl auf einem E-Ding, rast mir über die Zeh. Ich wollt gerade raus.

- Sie Arme, sage ich und schiebe mein Rad hinter ihren Einkaufstrolley mit dem verblichenen Schottenmuster.

- Man hört die nicht kommen, sagt sie und behält die Straße misstrauisch im Auge. Zoom, sind die da. Fahren auf dem Bürgersteig. Für das Kopfsteinpflaster sind die Räder zu klein.

Ihre Hand zittert auf dem Griff des Marktwägelchens.

- Wollen Sie sich setzen?, frage ich.

- Was? Nein, ist schon wieder gut. Ich habe mich erschrocken, der blöde Poosch. Fährt an der Hauswand lang. War verkabelt, habe ich gesehen.

Ich gucke fragend, und Frau Kredelbach mustert mich mit strengem Blick.

- Ich kenn mich aus mit den Dingern. Meine Enkelin, die Jacqueline, wünscht sich einen Roller. Ist aber zu klein dafür. Meine ich. Jedenfalls für einen Roller mit Motor. Ohne ja. Aber ohne ist nicht cool. Vivien ist anderer Meinung, mal wieder, gut, ich mische mich nicht ein, mache ich nie, aber ich weiß, wie die Dinger funktionieren. Mit Batterie, sind aber nicht gekauft, wussten Sie das? Die meisten nicht, die gehören den Leuten nicht, die damit rumfahren, die haben die nur geliehen.

- Stimmt, sage ich.

- Die leihen sich die Dinger auf der Straße.

Frau Kredelbach guckt mich entrüstet an.

- Die bezahlen auch auf der Straße, sagt sie.

Ich überlege, wie ich mit meinem Rad an Frau Kredelbach vorbeikomme.

- Da schmeißt man kein Geld rein, insistiert sie. Ist nicht wie auf der Kirmes, einen Euro rein und zehn Minuten fahren.

- Schon klar, sage ich.

- Da wird man verkabelt. Mit dem Handy. Und deswegen sagt das Jaqueline, es will auch einen E-Roller haben, weil es ein Handy hat. Es könnte also verkabelt werden. Und losjücken. Theoretisch. Und mir erzählt die Kleine, dann mache ich auch nicht so viel mit dem Handy rum, Oma.

- Schlau, sage ich.

- Obwohl, stimmt schon, wenn Sie mal drauf achten, die Leute telefonieren nicht, wenn sie auf dem E-Ding stehen. Ist Ihnen das aufgefallen? Sonst immer, ständig haben die Leute das Handy am Ohr, aber nicht auf dem Roller. Geht nicht, die sind verkabelt.

- Ah, ja.

- Aber die Jaqueline ist zu jung.

- Ja.

- Viel zu jung. Aber ich misch mich nicht ein.

Frau Kredelbach setzt unwirsch einen Fuß nach hinten und schiebt ihren Trolley zurück. Das Wägelchen verkeilt sich in den Speichen meines Vorderrads.

- Müssen Sie mal drauf achten, sagt sie, die Leute, die mit den Dingern rumgurken, haben weiße Stoppen in den Ohren ...

- Ihr Wagen hat sich in meinem Rad verfangen, sage ich.

- Das sind Antennen, sagt sie.

- Wir hängen fest, sage ich.

- Die brauchen die Antennen, um zu wissen, wie weit sie gefahren sind. So wird abgerechnet. Über Handy. Und Antenne. Und Satellit. Sagt der Hubert.

Ihr Sohn Hubert weiß alles über Autos und alles über Motoren. Offenbar auch über Satelliten.

- Der hat Ahnung, sagt Frau Kredelbach, ein Ausdruck, der ehrfürchtige Verneigung vor technischem Universalwissen bedeutet, denn wenn Frau Kredelbach *der hat Ahnung* sagt, meint sie nicht Ahnung, sondern Kompetenz, sie denkt an das tief verzweigte Wissen eines Experten. Und Hubert ist ein technisches Genie, das nicht nur über Talent, sondern auch über praktische Intelligenz verfügt. Das unterscheidet ihn von mir. Ihr Sohn ist mir in Fragen der Mobilität weit voraus, er könnte vermutlich mit einem Blick sagen, wie wir unsere Gefährte rangieren müssten, um sie voneinander zu lösen.

- Über Satellit, wiederholt Frau Kredelbach, zeigt nach oben und versucht dabei unauffällig ihren Einkaufswagen zu befreien. Die Leute, sagt sie, sind alle mit dem Satelliten verbunden. Die Strippen, die da hochgehen, sehen Sie nicht.

- Mh.

- Sind aber da. Jeder von denen hängt an der Strippe. Das ist heute so. Fast wie, sie ruckelt wild an ihrem Wagen, fast wie ein Marionettenspiel. Die Leute hängen an Fäden. Und merken es nicht.

Sie zerrt bei ihren Erklärungen am Trolley, versucht ihn vor- und zurückzuschieben und bewegt damit mein Rad wie einen Anhänger, der sich mit jedem Zug weiter querstellt. Wütend sieht sie nach unten. Der Flur ist blockiert. Das steigert ihre Ärger.

- Die machen Gesichter wie ferngesteuert, ruft sie,

wie der Kerl gerade, die gucken wie Roboter, nur geradeaus, und tun nichts. Stehen auf den Dingern. Manchmal zu zweit. Wie die Ölgötzen. Unbeweglich. Oder zu dritt. Habe ich auch schon gesehen. Aber die sehen nichts. Fahren wie auf Schienen. Sehen nicht links und nicht rechts. Passen nicht auf, und, dä, entfährt es Frau Kredelbach, weil ihr die Haustüre aus der Hand rutscht, nieten die die Leute um.

Mit einem dumpfen Schlag fällt die Tür ins Schloss, wir stehen im dunklen Flur.

- Ich war schön am schänge, nicht wahr?, sagt sie plötzlich mit samtweicher Stimme.

- War nicht zu überhören, sage ich, aber völlig richtig. Hoffentlich merkt der Typ sich das.

Ich atme auf, weil Frau Kredelbach sich entspannt. Aber sie hat nur Kräfte gesammelt und reißt mit aller Kraft ihren Wagen nach vorne. Ich staune, wie viel Energie sie hat.

- Sie haben wenigstens große Räder, stößt sie hervor, unter diesen E-Dingern sind nur Spielzeugrollen. Sogar mein Wägelchen hat größere Räder. Da wundert man sich nicht, dass es so viele Unfälle gibt.

- Frau Kredelbach, sage ich, wenn Sie mit dem Ruckeln aufhören, könnte ich mein Fahrrad freikriegen.

- Und ich stell mich nicht drauf, tobt sie, und dreht ihren Körper mit angewinkeltem Arm so schwungvoll zur Tür, dass eine Speiche knackt. Das würde ich nie machen, presst sie hervor.

Sie atmet schwer, ist aber noch nicht bereit aufzugeben.

- Geleckte Lück!

- Rücksichtslos, sage ich …

- Stehen da wie die Zinnsoldaten.

- Bleiben Sie bitte mal stehen!

- Bloß nicht bewegen.

- Gehen Sie bitte einen Schritt zurück!

- Ich mache immer einen Schritt zurück, ruft sie. Jedesmal, wenn einer auf mich zufährt, springe ich in Hauseingänge. So weit sind wir schon, das ist überhaupt das Allerletzte, und wenn die Leute den Spaß verlieren, dann lassen Sie die Dinger stehen. Und der nächste kommt und schmeißt das Dingen um. Dann liegt es da und ich sehe es nicht im Dunkeln. Liegen rum, die Scheißdinger, auf dem Trottoir, sogar im Rhein, habe ich gelesen.

- Tun Sie mir den Gefallen ...

- Die blenden wie Lastwagen.

- Frau Kredelbach …

- Hab schon überlegt, ob ich meine Friedhofshacke mal fallen lasse, ganz zufällig, wenn einer kommt.

- Es reicht, Frau Kredelbach, fahre ich sie an, bleiben Sie mit ihrem Trolley eine Sekunde stehen.

Frau Kredelbach guckt überrascht auf, fragt, warum?

Ich strecke die Hand zum Schalter aus, um Licht zu machen, als mein Handy klingelt. Die Fanfare ermutigt Frau Kredelbach, den Einkaufswagen entschlossen an sich zu reißen. Dabei schlägt sie mir den Lenker aus der Hand, das Vorderrad rollt auf mich zu, kippt weg und ich stürze mit dem Handy in der Hand auf mein Rad.

In dem Geschepper geht das Treppenhauslicht an. Auf dem oberen Absatz steht Frau Wilden.

- Muss ich den Krankenwagen rufen?

- Wir unterhalten uns nur über diese neuen Roller, sagt Frau Kredelbach aufgeräumt, und macht eine Geste zur Tür, grad kam wieder einer vorbei. Diese E-Roller, die leisen, die schwer in Mode sind.

- Die mit den kleinen Rädern, sage ich.

- Die so schnell unterwegs sind.

- Mitten auf dem Bürgersteig, sage ich.

- Manchmal auch an der Hauswand, sagt sie und weitet ihre Augen.

- Wirklich gefährlich, setze ich hinzu.

- Die verunglücken oft, sagt Frau Kredelbach, und so, wie sie ihre Stimme moduliert, hat sie tiefes Mitgefühl.

- So, sagt Frau Wilden.

Ich stehe auf und hebe mein Fahrrad hoch. Frau Kredelbach nickt mir aufmunternd zu. Das Handy hat aufgehört zu klingeln, ich blicke auf das Display.

Auf dem Treppenabsatz lauert Frau Wilden noch ein paar Sekunden, bedenkt uns dann mit einem vernichtenden Blick und schlägt die Wohnungstür geräuschvoll hinter sich zu.

- Fffh, macht Frau Kredelbach.

- Jetzt ist sie fort, sage ich.

- Stand direkt hinter der Tür, sagt Frau Kredelbach.

- Gefährlich, sage ich.

- Man hört sie einfach nicht kommen, sagt sie.

- Und schon fällt einem das Rad auf den Fuß, sage ich.

- Man muss ja *so* aufpassen, sagt Frau Kredelbach.

- Wollen Sie durch?, frage ich.

- Warum durch?, antwortet sie. Ich will raus.

- Dann bitte nach Ihnen, sage ich.

Und Frau Kredelbach bedankt sich höflich, blinzelt mich an und sagt, jetzt haben wir beide lädierte Fööss.

Heringsmilch und Pellkartoffeln

Es schellt an meiner Tür, und damit nicht genug, jetzt klopft jemand, und ich sage, Ja, ja, komme schon, scheint ja dringend zu sein, aber so schnell geht es nicht, und gehe, so flott ich kann, durch die Diele, und als ich die Tür öffne, steht Frau Wilden aus dem ersten Stock im Rahmen, und ich rieche Essig.

- Frühjahrsputz, Frau Wilden?, frage ich, atme, weil ich gerannt bin, laut aus und streife meine nassen Hände an der Schürze ab.

- Frau Kredelbach, sagt sie.

- Sie machen mir ein schlechtes Gewissen, sage ich. Ist heute das Bad dran?

- Frau Kredelbach, wiederholt sie, guckt komisch und sagt, haben Sie Pellkartoffeln?

- Helfen die gegen Kalk?

Frau Wilden verdreht die Augen und sagt, Hexenschuss.

- Ach, sage ich.

- Für den Rücken.

- Die Kartoffeln?

- Haben Sie Pellkartoffeln oder nicht?

Aus meinen Augen steigen Fragezeichen wie Bläschen in einem Sektglas auf, und Frau Wilden sagt nur, die Pellkartoffeln muss ich auflegen.

Ich finde, dass sie heute ziemlich schneidend spricht. Wie eine Oberschwester im Feldlazarett, das gefällt mir nicht, und mir gefällt auch ihr Blick nicht. Der ist stechend wie der Essiggeruch, der von ihr ausgeht. Daher ziehe ich das Gespräch in die Länge.

- Pellkartoffeln?, frage ich.

- Erst Essig, dann Pellkartoffeln.

- Auf die Haut?

- Zerdrückt, sagt sie.

- Klar, sage ich.

- Sehr fein zerdrückt.

- Mmh.

- Und heiß.

- Gott, o Gott, sage ich, wann hat es Sie erwischt?

- Heute Morgen, beim Staubsaugen, sagt Frau Wilden kampfeslustig, aber ich komme aber klar, wenn Sie mir mit Kartoffeln aushelfen könnten.

- Ich habe welche aufgesetzt, sage ich langsam, das trifft sich gut, und denke im gleichen Moment, dass ich mir eine Extraportion Grünkohl machen werde, wenn ich die Pellkartoffeln teilen muss.

- Kommen Sie rein.

- Danke, sagt Frau Wilden und rührt sich nicht von der Stelle.

- Müssten gleich gar sein, kommen Sie doch, wollen Sie die wirklich auf den Rücken …

- 1044, sagt Frau Wilden so beiläufig, als würde sie den Blutdruck durchgeben.

- Wie 1044?

- Ratschlag No. 1044, wiederholt Frau Wilden.

Ich starre meine Nachbarin an. Dann dämmert es mir.

- Sagen sie bloß …

- Was?

- Us däm ahle …

- Aus dem Hausfrauenbüchlein, ja.

- Nein!?

- Warum nicht?

Jetzt ist Frau Wilden gereizt.

- *Die rechte Hand der Hausfrau*? Das benutzen Sie noch? Hab ich schon ewig nicht mehr reingeguckt. Ich wüsste gar nicht, wo das liegt, sage ich, vielleicht bei den Fotoalben, die stauben schon ein, das war doch dieses gelbe Heft mit den kleingedruckten Tipps. Oder war das rot?

Frau Wilden lässt mich nicht aus den Augen.

- Müsst ich mal suchen, da waren interessante Tipps drin. Was ich behalten habe ist, *Wer alle Wink' beacht', aus einem Euro zehne macht.*

- Groschen, sagt Frau Wilden.

- Ja, natürlich Groschen.

Ich lache, weil ich absichtlich Euro statt Groschen gesagt habe, aber Frau Wilden lacht nicht mit, stattdessen verharrt sie im Hausflur wie eine festgeklebte Salzsäule, stumm und schief, und ich sage, ich mache Ihnen ein Tellerchen parat, kommen Sie, und jetzt setzt sie sich zögernd in Bewegung, äugt in die Ecken, und ich weiß, dass sie hinter meinem Rücken mit dem angefeuchteten Finger über den Bilderrahmen fahren wird, um zu sehen, wann ich das letzte Mal Staub gewischt habe, und ich ahne, dass sie in ihrem Mund schon Speichel sammelt. Aber das macht mir heute nichts aus, weil Frau Wilden schnauft und ächzt, und mich fliegt ein Funken Schadenfreude an, der mir gut gefällt.

- So, da wären wir, sage ich und hebe den Deckel von den Pellkartoffeln, steche mit der Messerspitze in eine Kartoffel und sage, No. 1044 ist gleich so weit.

Weil die Essigwolke mitgezogen ist, öffne ich das Küchenfenster, und Frau Wilden erklärt, dass man vor der Behandlung mit den Pellkartoffeln das strapazierte Körperteil mit Essigwasser frottiert.

- Das Körperteil?, frage ich.

- Den Rücken, präzisiert sie, den unteren Rücken, und offenbar steckt der Schmerz ziemlich weit unten, denn sie wird krabitzig, sagt, das ist ein *propates* Hausmittel, und ich will nicht nachfragen, was *propat* heißt, ich überschlage in Gedanken, wie viel Essig sie in ihren unteren Rücken massiert hat, das interessiert mich, und wie sie das gemacht hat, ob mit einer Hand oder mit beiden, und ob der Geruch wieder weggeht, das interessiert mich noch mehr, eine Flasche war es bestimmt, und alles in den unteren Rücken von Frau Wilden, die sonst Stunden mit Make-up und Haarspray vor ihrem Spiegel verbringt, bevor sie einen Schritt vor die Haustür setzt, konzentrierter Essig, der immer noch so scharf und ätzend riecht, dass ich trotz des offenen Fensters husten muss, worauf Frau Wilden poltert, machen Sie sich lieber mal einen Brennnessel-Tee. Drei Tassen am Tag sollten helfen, kostet nichts und ist gut gegen Husten, No. 937.

- 937, sage ich, war das nicht Heringsmilch?

- Heringsmilch ist No. 951.

- Ach so.

- Außerdem hilft Heringsmilch nur gegen Heiserkeit, sagt sie, und Heiserkeit ist etwas anderes als Husten, muss man übrigens nüchtern zu sich nehmen, die Milch, danach ist den meisten Menschen schlecht.

- Kann ich mir vorstellen, sage ich.

- Wenn Sie mir jetzt die Pellkartoffeln …

- Was ist eigentlich Heringsmilch?, sage ich. Wissen Sie das? Habe ich mich immer gefragt. Ich kenne Kuhmilch und Schafsmilch und Ziegenmilch, aber keine Heringsmilch. Die kann man doch nicht melken, die armen Fische.

Frau Wilden sagt nichts.

- Naja, brumme ich, 951. Wenn Sie das sagen. Wird schon stimmen. Ich habe das Heft früher selbst genutzt. Habe ich zur Hochzeit bekommen und damals gleich durchgearbeitet. *Die rechte Hand der Hausfrau*. Da standen fabelhafte Sachen drin: Wie man ranzig gewordenes Speiseöl mit ein paar Spritzern Salpetergeist wieder zum Leben erweckt, musste ich zum Glück nicht anwenden. Ich wüsste gar nicht, wo man Salpetergeist herbekommt, Sie? Meinen Sie Drogerie? Sommersprossen konnte man bekämpfen, erinnern Sie sich? Mit Zitrone sollten die weggehen, so ein Quatsch. Aber so war das. Sommersprossen waren nicht beliebt bei den Herren. Heringsmilch schon, oder?

Frau Wilden steht mit verkniffenem Gesicht in meiner Küche und beobachtet, wie ich die Pellkartoffeln in eine Schüssel fülle. Die Hälfte habe ich ihr schon gegeben, aber ihr Blick verweilt im Topf, und ich lege noch eine Kartoffel drauf und noch eine, ich will nicht kleinlich sein, sie guckt weiter, ich werde viel Grünkohl zum Mittag essen.

- Hier sind ihre Wunderknollen, sage ich, und wie war das mit der Heringsmilch?

- Ich glaube, sagt sie zögernd, die ist nicht von den weiblichen Heringen.

- Nee?

- Das kommt eher von den männlichen.

- Das ist was Unanständiges?, frage ich.

- Ich muss jetzt die Kartoffeln auftragen, sagt sie, dringend, solange die noch heiß sind.

- Das ist gar keine Milch?

- Die Hexe meldet sich, ruft Frau Wilden, zeigt auf ihren Rücken und stolpert davon.

Das Fenster wärmt

Ich habe mir den Weg ausgedruckt, sagte sie und zog gefaltete Blätter von Google-Maps aus ihrer Handtasche, deutete vage auf den Stadtplan und sagte, hier, zum Hotel Europa muss ich gehen, die Adresse steht da oben, Am Hof, glaube ich.

Die Frau war etwas jünger als ich. Um die dreißig, schätzte ich. In ihrem dicken blonden Haar steckte eine dunkle Brille. Sie hatte bis vor kurzem Musik gehört, mit vorsichtig wippendem Kopf, den sie leicht schräg hielt und jetzt, als wir über die Hohenzollernbrücke fuhren, die Kopfhörer eingesteckt und mich angesprochen.

Sie war blind.

- Wenn Sie mir nur den Weg aus dem Bahnhof heraus zeigen könnten, wäre das nett, den Rest finde ich, sagte sie.

- Sicher sagte ich, ich kann Sie aber auch hinbringen, das ist nicht weit, und dann fiel mir ein, dass auf dem Roncalliplatz der Weihnachtsmarkt aufgebaut wurde und sagte, ist vielleicht besser, wenn wir zusammen zum Hotel gehen, auf dem Platz werden Buden aufgebaut und womöglich liegt etwas auf dem Boden.

- Wenn es keine Umstände macht, antwortete sie, und ich dachte, wie schnell sie aus zwei Sätzen den Gegenüber abschätzt, sie muss an Stimme und Betonung hören, wem sie Vertrauen schenkt, und war dankbar über ihre Wertschätzung, und sagte, wir gehen durch den Dom. Ich kam

mir vor wie ein Tourguide und dachte an Frau Kredelbach, der ich oft Eindrücke und Erlebnisse schildere, die
sie nicht macht.

- Ich zeige Ihnen das große Richter-Fenster, schlug ich
vor, ab Nachmittag steht die Sonne drin und malt das
Kirchenschiff mit leuchtenden Farben aus, und schimpfte
mich sofort einen Idioten, weil ich einer Blinden ein
Fenster zeigen wollte, aber sie sagte einfach, ja, das kenne
ich noch nicht, und holte einen weißen Stock aus der Tasche, den sie mit wenigen Griffen auseinander zog. Dann
nahm sie einen Wollmantel vom Haken, holte ihren
Rucksack unter dem Sitz hervor, und ich stand im Gang
und wusste nicht, ob ich vorangehen sollte, um ihr den
Weg freizumachen oder sie vorlassen sollte, und schließ-
lich stolperte ich hinterher, schaffte es nicht, vor ihr an
der Tür zu sein und war erst auf dem Bahnsteig wieder
an ihrer Seite, eilte zur Treppe und wunderte mich, dass
sie nicht nach dem Geländer griff, sondern die erste Stufe
mit dem Stock ertastete und zielsicher hinabstieg.

- Hier rechts, sagte ich, als wir unten waren, und führte meinen Rollkoffer wie einen Hund, während sie mun-
ter ausschritt, bis ich, da vorne links sagte, um überhaupt
etwas zu sagen, und mit meinem Koffer mir in die Ha-
cken fuhr, und immer noch nicht wusste, was ich sagen
sollte.

Ich leitete sie durch die Markthalle, in der Girlanden
blinkten, an Meister Bock und seinen Würsten und am
Café vorbei, hinaus auf den Vorplatz, wo sie nach wenigen Schritten stehen blieb und den Kopf hob.

- Der Dom ist sehr groß, sagte sie, bis hierhin reicht sein Schatten.

- Ja, sagte ich und blinzelte in die Sonne, denn ich war einen Kopf größer als sie, trat vor, bis auch ich im Schatten stand, und sagte, wir gehen hinüber zur Treppe.

Ich lächelte sie an, was sie nicht erwiderte, und wollte die Touristen auf die Seite bitten, was nicht notwendig war, denn die hörten das rhythmische Klacken ihres Stockes, schauten auf das Gesicht meiner Begleitung, die ernst blickte, und hielten Abstand.

Ich brachte die Frau über die breite Treppe hoch zum Portal, sie trat ein und sagte, sehr viele Leute hier.

- Ja, sagte ich und achtete auf das Gemurmel der Menschen und ihr Fußgescharre. Dann nahm ich vorsichtig ihren Arm und führte die Blinde hinter die letzte Stuhlreihe.

- Das Fenster ist oben, sagte ich, aber sie ließ den Kopf unten, es sind mehr als 11.000 Quadrate, erklärte ich, blaue und rote und gelbe, fast alle unterschiedlich.

Sie sagte nichts und mir brannten die Quadrate auf der Haut.

- Wir haben Glück, sagte ich, heute strahlt das Fenster.

- Nur Farben?

- Ja, nur Farben, sagte ich, auf dem Fenster gibt es keine religiösen Motive.

- Die Leute schauen es an?

- Ja, die schauen alle hoch.

- Ist es schön?

- Ja, sagte ich, sehr schön, und wenn man genau hinschaut, erkennt man Symmetrien. Und dann sagte ich, was ich gelesen hatte, dass das Fenster das Sehen auf die Probe stellt.

Wir standen schweigend einige Minuten im Kirchenschiff.

- Das Fenster wärmt, sagte sie.

Ich verstand nicht, was sie meinte, und sie drehte ihr Gesicht im Licht hin und her.

- Verstehen Sie?

- Ja, sagte ich.

- Können wir eine Kerze anzünden?, fragte sie.

Wir gingen weiter und ich zog die Frau zu einer Kapelle, wo Menschen Kerzen aufstellten.

Sie tastete nach einer Kerze, und ich führte ihre Hand mit der weißen Kerze über eine brennende Kerze, bis auch ihre Feuer fing und sie sie vorsichtig in einen Halter stellte, dann verließen wir die Kirche durch das Hauptportal.

Draußen spürte die Frau dem Wind nach, der an ihren Haaren zog. Ich drehte den Kopf und schaute hoch.

- Jetzt stehen wir vor der Kirche, sagte ich, und erschrak über meine Worte, das ist das Westportal.

- Ich war schon mal hier, sagte sie mit ruhiger Stimme.

- Wir müssen links herum gehen, um zu Ihrem Hotel zu kommen.

Ich führte sie an der Dommauer entlang, zwischen einem Absatz, auf dem Touristen saßen, und dem Laden, unter dem der Zugang zur Besteigung des Südturms ist. Auf dem Roncalli-Platz lieferten Wagen rote Buden für den Weihnachtsmarkt an. Ein paar Stände waren schon aufgebaut. Die Fronten der Buden waren verschlossenen, sie wirkten traurig, und ich rutschte auf einer gummierten schwarzen Stromleitung aus, die sich über den Boden schlängelte. Vorsicht, wollte ich sagen, aber sie ging sicher darüber hinweg. Am Ende des Platzes stiegen wir die kleine Treppe hinab und überquerten die Straße.

- Wohnen Sie im Hotel?

- Nein, sagte sie, ich treffe da meinen Vater.

Ich hätte gerne mehr über die Unbekannte erfahren, aber sie stieg entschlossen die Stufen hoch, öffnete die Tür des Hotel Europa und sagte über ihre Schulter, danke, jetzt komme ich alleine zurecht.

- Ja, sagte ich.

- Frohe Weihnachten, rief ich ihr hinterher, wartete bis sie im Hotel verschwunden war, drehte meinen Rollkoffer und ging zur U-Bahn. Und dann dachte ich an Frau Kredelbach.

- Frau Kredelbach, werde ich nachher sagen, ich bin heute Nachmittag mit einer Blinden in den Dom gegangen, an der Seite herein und vorne raus, und raten Sie mal, was ich im Dom gemacht habe.

- En Kääz opgestellt?

- Ich habe ihr das große, farbige Fenster gezeigt.

To bee or not to bee

Jetz isse widder nass, schimpft Frau Kredelbach. Isch hann dem Possbüggel ald so off jesaat, de sull de Zeidung rinläje.

Sie beugt sich ächzend vornüber und hebt den Stapel Zeitungen von den Eingangsstufen.

- Ävver dat deit dä nit.

- Was macht der Postbote nicht?

- Ist schade für die Zeitung, auch wenn sie umsonst ist.

Sie legt den *Wochenspiegel*, der in großzügigen Stapeln in die Hauseingänge geworfen wird, auf der ersten Treppenstufe ab.

- Ganz nass, ich nehme eine von unten.

Während ich meinen Briefkasten aufschließe, höre ich, wie Frau Kredelbach sagt, ald widder en Demonstration. Sie murrt und schnauft.

- Ist richtig, dass die gegen das Wasser protestieren, höre ich. Wenn das so weiter geht, kriegen wir all nasse Fööss, schlimm das. Und die Regierung tut nichts.

- Die Regierung unternimmt nichts gegen den Regen?

Frau Kredelbach zeigt auf ein Bild und sagt, hier, so viel junge Leute waren unterwegs, die tun was. Das ist gut, dass die Schüler auf die Straße gehen, die lassen sich nichts vorschreiben. Wird höchste Zeit. Wenn die nichts machen, schmilzt der Pol weg und wir haben alle nasse Füße.

- *Kurzstreckenflüge nur für Insekten,* hat einer auf sein Schild geschrieben.

Sie lacht.

- Und hier? *To or not to,* buchstabiert sie. Was heißt das?

- Zeigen Sie mal.

- Ist Englisch, oder? Sind das Bienen auf dem Plakat?

- Sie müssen den Satz ergänzen, sage ich. Wo eine Biene gemalt ist, muss man bee lesen, bee bedeutet auf Englisch Biene.

- Ja, ja.

- To bee or not to bee, sage ich.

- Ach so.

- Sein oder Nichtsein.

- Aha.

- Für die Bienen geht es ums Überleben.

- Für die Bienen?

- Ja.

- Wegen dem Wasser?

- Die Schüler wollen, dass die Politiker die Treibhaus-gase begrenzen und die Umwelt schützen. Jeden Freitag protestieren sie. *Fridays for Future.*

- Weiß ich, sagt Frau Kredelbach, weil der Pol ab-schmilzt und es zu warm wird, das ist wegen dem Klima, im Sommer zu heiß, da kriegt man kaum Luft, schon hier in der zweiten Etage nicht zu ertragen, und wie Sie das unter dem Dach aushalten, ist mir schleierhaft, und dann regnet es, wie jetzt, viel zu stark und viel zu lange, das Wetter wird extremer, habe ich gelesen, muss man etwas gegen tun, schon wegen der Hitze, das unterschreibe ich sofort, aber gleich die Schule verbieten?

Ich schaue sie überrascht an und Frau Kredelbach tippt auf die Zeitung.

- Ja haben die Politiker nicht …?

Sie guckt unschlüssig.

- Die Politiker?

- In Berlin? Stand das nicht irgendwo, dass freitags die Schule verboten ist?

- Ich glaube, Sie bringen etwas …

- Wo habe ich das gelesen? War das an der Ecke?

Bei ihren Einkäufen legt Frau Kredelbach an der Kreuzung Sülzburgstraße / Berrenrather Straße gerne eine Pause ein, sie steht dann, die Einkaufstasche zu ihren Füßen, leicht vorgebeugt vor den Kästen mit den Boulevardzeitungen und studiert die Überschriften.

- Glauben Sie, dass das wahr ist, mit dem Fleisch?

- Bitte?

- Das gehört mit dazu, sagt sie kategorisch, zu dem Klimawandel.

- Weniger Fleisch zu essen?

- Ja. Oder? Das ist nicht immer richtig, was die Zeitungen in den Kästen sagen. Das weiß ich, aber so viel Wasser?

- Was haben Sie gelesen?

Vorsichtig wandert ihr Blick über mich, prüfend schaut Frau Kredelbach, ein wenig unsicher, aber auch ein bisschen listig.

- Ich meine, da stand, dass im Fleisch Wasser enthalten ist, ja, Wasser, bekräftigt sie, doch, bin ich mir sicher, in jedem Stück, und zwar viel Wasser, sehr viel Wasser.

Jetzt bricht sie ihre Erzählung ab, zögert, doch die Neugierde ist beträchtlich, Frau Kredelbach will wissen, ob sie richtig gelesen hat, dass in einem Steak, kann das sein?, fragt sie, 8000 Liter Wasser, oder habe ich mich verlesen?

Sie lacht unsicher.

- Das wäre ja mehr, als in meine Badewanne passt, kann nicht sein, oder? In einem Stück Fleisch, bei mir in der Wohnung.

Ein betretener Blick. Der Vergleich mit der Badewanne ist Frau Kredelbach rausgerutscht, ich sehe ihre Verlegenheit. Unziemlich, denkt sie, so wie ich rede, muss sich mein Nachbar ausmalen, wie ich mit meinem großen Bauch nackig dastehe und ängstlich den Griff umklammere, den mir mein Hubert an die Wand montiert hat, damit ich nicht wegrutsche, und mich auf den Moment vorbereite, wenn ich wie ein trauriger Clown, auf einem Bein, wo doch der Wannenrand so furchtbar hoch ist und ich drei Mal gegen die Kante stoße, bevor ich den Fuß drüberhab, in die Wanne steige.

Frau Kredelbach guckt an mir vorbei und tut so, als entdecke sie hinter mir etwas Aufregendes.

- Das kann schon sein, sage ich.

- Das ist ein ganzer Teich, sagt sie.

- Ungefähr 20 Wannen, sage ich.

- Für ein Schnitzel?

- Wahrscheinlich ist alles zusammengerechnet - das

Wasser, das das Futter zum Wachsen braucht, die Reinigung des Stalls, das Wasser, das das Rind selbst trinkt …

- Das steckt da auch mit drin? Der Durst von der Kuh?

- Statistiker kommen alles berechnen, sage ich. Am Ende hat man eine Wassermenge und nimmt das Gewicht eines Rindes, und dann guckt man, wie viel Fleisch ein Rind produziert und errechnet, wie viel Wasser für ein Steak benötigt wurde.

- Aber was ist mit dem Kaffee?

- Wie, mit dem Kaffee?

- In einer Tasse Kaffee sollen 140 Liter Wasser stecken. Das muss ein Fehler sein.

- Warum?

- 140 Liter Wasser auf eine Tasse? Hören Sie mal! Das gibt eine schöne Plörre.

- Das ist der Fußabdruck des Wassers.

Sie guckt mich vorwurfsvoll an.

- Fußabdrücke haben wir hier, sagt Frau Kredelbach und zeigt auf den feuchten Flur und lacht über ihren Witz.

- Ich verstehe schon, murmelt sie, wieder alles zusammen. Die Bauern müssen die Sträucher bewässern. Weil es da unten in Afrika nicht regnet. Gar nicht gerecht. Ich würde denen was abgeben.

- Sie haben ein großes Herz.

- Vom Regen. Wäre doch gut, oder? So wie es hier am rähne ist. Aber da hat man noch nichts gefunden, oder?

Pichelsteiner ist aus

Muss ich mir Sorgen machen?

- Du nicht, sagt meine Schwiegertochter.

- Ich hab in meinem Leben schon viele Viren kennengelernt, sage ich. Das heißt, die haben mich kennengelernt, so rum. Nein, auch nicht. Ich will den Mund nicht vollnehmen. Versteht das nicht falsch, sage ich, das ging nicht immer zu meinen Gunsten aus. Gab schon Viren, die haben mich umgestoßen. Dann musste ich ins Bett. So ist das, wenn man krank ist.

- Du sollst auf dich aufpassen, Mama, sagt Hubert.

- Was bist du so ängstlich?, keilt Vivien, und Hubert schweigt.

Ich wundere mich, dass das Vivien so tut, als könne mir nichts passieren. Normalerweise widerspricht sie mir.

- Ich habe Gicht und Zucker, sage ich.

- Alles halb so schlimm, sagt sie.

Wenn meine Schwiegertochter sagt, es ist nicht schlimm, dann ist es ernst. Sie hat nichts. Keine Vorerkrankungen, nur Teint von der Sonnenbank und Strähnen aus ihrem Frisörsalon, aber das zählt nicht. Will sie mich loswerden?

- Es drückt auf der Lunge, sage ich und huste.

Vivien lehnt sich sofort im Sessel zurück.

Hubert sieht mich bestürzt an.

- Du willst mich hochnehmen, sagt Vivien.

- Seit gestern, sage ich kleinlaut. Mir ist ein bisschen

schwindelig.

Sie weiß nicht, ob das ernst gemeint ist, und ich gucke traurig. Das kann ich gut.

- Du kommst zu meiner Beerdigung?, frage ich.

Oh, wie die luurt.

- Hör auf, sagt Hubert.

- Junge Leute sind nicht gefährdet, sage ich.

- So jung bin ich auch nicht, sagt Vivien und geht zum Fenster, um frische Luft herein zu lassen.

- Ich rede nicht von dir, sage ich. Kinder kriegen kein Corona. Nur wir Alten.

- Schmeckst du was?, fragt Vivien patzig.

Ich grunze, und das kann Ja oder Nein heißen, und Hubert legt ihr den Arm um die Schultern.

- Habe mich nie um die Grippe geschert, sage ich. Gehen Sie weg mit Ihren Impfungen, habe ich dem Doktor gesagt. Der lacht immer, der mag mich. Wissen Sie nicht mehr, habe ich ihm gesagt, vor zehn Jahren, als ich mich hab impfen lassen? Prompt hatte ich sie, die Grippe. Aber jetzt? Jetzt haben Sie nichts für mich. Und Corona soll gefährlicher sein wie Grippe. Meint ihr, die entwickeln einen Impfstoff? Wo doch alle es versuchen?

- Glaub schon, sagt Hubert.

- Bestimmt, sagt Vivien.

- Das schaffen die, sagt Hubert.

- Im Moment gibt es nichts, sage ich. Kein Impfstoff, kein Desinfektionsmittel, die Läden sind leer. Nicht mal Nudeln kriegt man. Alles ausverkauft. Wie das Klopapier. Die Leute sind verrückt. Kaufen sogar Pichelsteiner Topf und schleppen die Dosen, die in den Regalen gammeln, aus dem Aldi.

- Soll Menschen geben, die Pichelsteiner mögen, sagt Vivien.

Sie braucht mich gar nicht anzugucken, ich weiß, wen sie meint.

- Du musst dir gut die Hände waschen, sagt Hubert.

- Ja, ja. Mach ich.

- Gründlich, sagt er.

- Machen wir alle im Haus. Die Frau Wilden desinfiziert sogar die Zeitung.

- Wer liest noch Zeitung?, sagt Vivien.

- Wie geht das?, fragt Hubert.

- Mit Spray. Frau Wilden desinfiziert auch ihr Geld. Die putzt die Klinken und die Briefkästen und läuft mit Sakrotan im Lappen durchs Treppenhaus und pult Bakterien von den Handläufen. Wehe, wenn man da rumsteht.

- Viel Wasser, sagt der Hubert, immer über die Hände, und schön einseifen. Solange waschen, bis das Virus abrutscht.

- Das glaubst auch nur du, sage ich.

- Doch, sagt er, das Virus kann sich nicht festklammern, das rutscht ab, wenn du dir die Hände schön einseifst.

Ich halte meinem Sohn die Hände hin. Sage nix. Halte sie nur hin.

- Was soll da noch Seife?

Meine Hände sehen aus, als hätten sie die letzten Jahre in der Erde gesteckt. Schrumpelig und schorfig, voller

Rillen und Ritzen.

- Alles einseifen, ordnete er an, und hinterher Nivea.

Vivien lacht.

- Nivea?

- Wegen der Rückfettung.

- So.

- Zum Abdichten.

- Höhö, macht Vivien.

- Da hab ich das weiße Zeug doch auf der Türklinke, sage ich.

- Denk an deine Sicherheit, sagt er. Abstand, Hygiene und Abstand. Immer AHA. Und Maske.

- Und am Ende fällt mir die Pfanne aus der Hand, weil alles glitschig ist. Dann habe ich einen kaputten Zeh.

- Gibt Schlimmeres, sagt Vivien.

- Wie meinst du das?

- Wäre um deine Pfanne nicht schade, sagt sie.

- Was weißt du von meiner Pfanne?

Vivien holt Luft für eine freche Antwort, aber Hubert sieht sie flehentlich an, und sie sagt nichts mehr. Schmollt. So ist die Vivien. Schnell beleidigt. Wenn sie Zeh gesagt hätte, wäre um deinen Zeh nicht schade, hätt ich ihr eine gelangt. Na ja, nicht wirklich. In Gedanken. Ich tue es nicht, will es mir nicht mit meinem Sohn verderben. Ich würde es auch nicht machen, wenn ich mit ihr alleine wäre. Aber dann würde ich nicht in ihrem Wohnzimmer sitzen.

- Wann soll ich dich nach Hause fahren, Mama?, fragt Hubert.

Es wäre schön, wenn er bei der Frage nicht seine Frau angucken würde.

Die hat gleich wieder Oberwasser.

- Das Virus haben die Chinesen entwickelt, behauptet sie.

- In Wuhan, assistiert Hubert.

Der Arme ist völlig in ihrer Spur.

- Das kommt aus dem Labor, wo die mit dem Mars experimentieren, erzählt sie.

- Ach, schau an, sage ich.

- Habe ich gelesen.

- Mars?

- Ja, Mars. Oder Mers.

Jetzt wird sie ärgerlich.

- Oder wie heißt das? Hubert?

Hubert weiß nicht, was er sagen soll.

- Sars, so. Sars wars.

- Wenn ihr das sagt, schnaufe ich.

- Das ist ein Kampfstoff.

- Übertreib nicht, sagt Hubert.

- Doch, die suchen eine neue Waffe.

- Stimmt das?, frage ich.

Ich glaube nicht mehr alles.

- Biologischer Kampfstoff, sagt Vivien.

- Aber warum probieren die das an ihren eigenen Leuten aus?

- Chinesen gibt es doch ohne Ende, sagt Vivien, das fällt nicht weiter auf. Aber denen geht es um was ganz anderes.

- Nämlich?

- Wenn wir Corona kriegen, verkaufen die uns Tests und kassieren ab.

- Damit scheinen die sich Zeit zu lassen, sage ich.

- Mit den Masken geht das jetzt los.

- Die sind richtig teuer geworden, sagt Hubert.

- Den Chinesen geht es immer ums Geschäft, sagt Vivien.

- Na ja, sage ich, und denke, mit Geld kennt die Vivien sich aus, besonders mit Geld ausgeben.

- Neuerdings verknappen sie den Reis.

- Reis auch?

- Insta, sagt Vivien triumphierend, macht ein Gesicht wie ein Fuchs und hält ihr Handy hoch.

Vivien informiert sich nur über Insta. Wie ihre Tochter. Sie guckt nicht mehr fern, sondern liest im Handy Nachrichten und findet Sachen, die andere nicht wissen.

- Ich sag nur Tofu.

- Bitte, sagt Hubert.

- Ist so, sagt Vivien, die Regale sind voll mit Tofu, schon aufgefallen?

- Tofu?, frage ich.

- Da stecken die Chinesen hinter. Die wollen, dass wir uns an das Zeug gewöhnen.

- Soja, sagt Hubert.

- Tofu mag ich nicht, sage ich.

- Sojawurst, Sojamilch, sogar Sojajoghurt, sprudelt Vivien. Die machen alles aus Soja.

- Die Chinesen?, frage ich.

- Das ist doch bekannt, sagt Hubert.

- Wir sollen umerzogen werden.

- Und warum?, frage ich.

- Erst wird das Fleisch ersetzt, zischt sie.

- Koteletts, sagt Hubert, fuchtelt mit den Armen, und sagt, Bratwurst auch.

- Ihr macht mir Angst.

- Die Chinesen tauschen die Produkte aus. Habe ich gelesen. Teewurst, Leberwurst, Bierschinken - kannst du vergessen. Das ist jetzt alles Chop Suey. Lebensmittelaustausch!

- So heißt das?

- Chinesische Strategie, sagt Vivien. Und durch Corona sollen wir das nicht mitkriegen.

- Ist ja furchtbar, sage ich. Und der Pichelsteiner?

- Verschwindet, sagt Vivien.

- Gut, dass ich noch ein paar Dosen hab, sage ich.

- Wann wollt ihr los?, fragt Vivien.

Und wohin mit der Seife?

Manchmal erzähle ich Frau Kredelbach von Dingen, die ihr fremd sind oder berichte von Erlebnissen, die sie nicht macht, weil sie nicht in ihre Welt gehören. Ich sitze dann in ihrer Küche und erzähle. Sie hört mir zu. Und wenn sie überrascht ist, sagt sie, ach.

Gestern sagte sie oft, ach.

Das gefällt mir.

Ihr auch.

- Es dat Ühr Ääns?

Ich zeige ihr das Foto.

- Wirklich Ihr Ernst? Eine Badewanne aus Beton?

- Perfekt geformt, sage ich und zeige ihr das Foto im Handy, freistehend, himmelgrau …

- Die ist fertig?

- Ja.

- So?

- Ja.

- Ach.

- Ein Traum.

- Reißt man sich da nicht …

- Was denn?

- Hören Sie mal!

Frau Kredelbach droht mir mit dem Finger.

- Der Beton ist völlig glatt, sage ich.

- Ach.

- Und das Wasser fließt aus einem gebogenen Rohr hoch über der Wanne, dick wie eine Laterne.

Frau Kredelbach guckt mich ungläubig an.

- Wie im Western?, fragt sie, so ein Rohr, das geschwenkt wird, wie hießen die Dinger noch, diese Wasserzapfstellen, mit der die Lokomotiven aufgefüllt werden?

Unwillkürlich bläst sie ihre Backen auf und verdreht die Augen.

- Solche Bäder sind sehr angesagt.

Ihr Zeigefinger, eben noch gekrümmt wie eine Laterne, neigt sich langsam zu mir, ihre Augenbrauen springen erschrocken in die Höhe, sie traut sich kaum die Frage auszusprechen, ob ich mir eine derartige Wanne zulegen würde.

- Warum nicht?, sage ich und es dauert nur Sekunden, dann sehe ich Frau Kredelbachs Zwerchfell vibrieren, wirklich?, formt ihr Mund, und ich höre ihr vergebliches Bemühen ernst zu bleiben, ja? Eine Wanne aus Beton?

Ein Zittern schaukelt sich in ihrem Oberkörper zu einem wilden Rhythmus auf und geht in ein kleines Beben über. Schon tanzen ihre Schultern, und auch ihr Mund gerät in Bewegung, ihre Mundwinkel flackern, als hüpfe ein Frosch auf Frau Kredelbachs Zunge wie auf einem Trampolin.

- Wo gibt es so was?, gurgelt sie.

- Auf den *Passagen*.

- Nie gehört.

- Eine Ausstellung in der Stadt, sage ich, in vielen Geschäften, sogar in Museen und Kirchen. Überall Neuheiten. Zu der Wanne gehört ein Waschbecken. Hat die Form einer Tonne.

- Tonne?

Frau Kredelbachs Mund steht weit offen.

- Eine Tonne rund wie ein Ölfass.

- Für zu Hause?, presst sie hervor.

- Ja.

- Wirklich?, haucht sie und ist jetzt blind, weil ihr Tränen aus den Augen quellen und über das Gesicht laufen.

- Hüfthoch, sage ich.

Frau Kredelbach schnauft und schnaubt und schnieft.

- Kriegen Sie in Weiß und Schwarz.

- Und wohin mit der Seife?

- Bitte?

- Seife!

- Ach Seife, Seife …

- Da sind Sie doch nur am Kleckern, stößt sie mit erstickter Stimme hervor.

Mit dem Handballen wischt sich Frau Kredelbach die Sturzfluten, die aus ihren Augen sprudeln, von der Wange.

- Das ist Design, sage ich.

- Ach, krächzt sie, ein Laut, der eine Oktave in die Höhe schnellt und alle erdige Wärme verliert. Ein gefieptes, gepresstes Ach, halb erstickt und nicht lauter als das Rufen eines Kükens nach seiner Mutter, aber wie soll Frau Kredelbach auch artikulieren können, wenn ihr Kehlkopf wie ein Jo-Jo springt und die Augen Lachtränen hervorpumpen wie eine auslaufende Waschmaschine.

Verzweifelt wedelt sie mit den Armen.

- Hören Sie auf!

- Schauen Sie mal, ich deute auf das nächste Foto und zeige ihr, wie viele Menschen auf den *Passagen* unterwegs waren.

- Ich kann nichts sehen, ruft sie.

- Es gab Häppchen und Cocktails.

- Ich brauche ein Taschentuch, prustet Frau Kredelbach und japst, Design aus Blech und Beton, ich kann nicht mehr.

- Hätte ich gerne, sage ich.

- Tät ich nicht nehmen, ruft sie. Oben wissen Sie nicht, wohin mit der Seife und unten nicht, wohin mit den Füßen. Da stoßen Sie gegen, ich brauche ein Handtuch.

Frau Kredelbach lacht, wie ich sie noch nie habe lachen hören.

- Mal was anderes.

Ein glänzender Film liegt über ihrem feuerroten Kinn. Mit dem Finger deutet sie in Richtung ihrer Küchendecke, weil drüber mein Bad ist, und krümmt sich vor Lachen.

- Ich sehe es direkt vor mir, gurgelt sie, Ihr Waschbecken, das nicht an der Wand hängt, sondern auf dem Boden steht. Und die Tonne, da, über mir. Und Sie mit der Seife in der Hand und keine Ahnung. Ich stelle es mir gerade vor. Und dann die Wanne aus Beton. Auch im Weg. Und das Wasser. Was sagen Sie, woher kommt das?

Aus der Laterne. Die Tempos, da! Bitte, die ganze Packung.

- Tja, sage ich, man muss mit der Zeit gehen.

Frau Kredelbach stemmt keuchend die Hände in die Seiten und atmet mühsam durch. Dann tätschelt sie meine Hand.

Das hat sie noch nie gemacht.

- Vielleicht hätte Ihnen der Tausendfüßler gefallen, sage ich unbeirrt. Hier ist er, hat kleine, dünne, schwarze Beinchen. Aus Holz. Alle ein bisschen schief. Schauen Sie. Grast auf dem grünen Teppich.

- Der ist an die Leine gelegt, schniebt Frau Kredelbach.

- Damit er nicht wegkann.

- Echt?

- Mit dem Tausendfüßler hätten Sie sich angefreundet.

Frau Kredelbach betrachtet das Foto.

- Wer denkt sich so was aus?

- Designer.

Sie schüttelt den Kopf.

- Warum? Ich meine, wozu?

- Als Sitzbank.

- Immerhin, sagt sie, ich dachte schon, der wäre auch fürs Bad, und zieht sich ein neues Taschentuch aus der Packung.

- Wie wäre es mit dieser Anrichte? Frau Wilden würde umfallen, wenn sie das Möbel bei Ihnen sähe.

Frau Kredelbach vergrößert sich das Foto.

- Sieht aus wie eine Sackkarre, sagt sie.

- Ist das nicht witzig?, sage ich. Das Möbel besteht aus einer quietschgelben Transportkarre, auf der sich Pakete stapeln. Und in den Paketen stecken Schubladen.

- Da könnte ich wenigstens meine Schlüssel unterbringen, sagt Frau Kredelbach, und den Schuhanzieher.

- Sehen Sie.

- Woraus sind die Schubladen?

- Beton.

- Der arme Postbote, seufzt Frau Kredelbach.

- Kostet 2.000 Euro.

- Ach.

- Die Karre habe ich in einem Laden gefunden, der Schuhe, Schallplatten und neue Möbel verkauft.

- Was jetzt?

- Schuhe und Schallplatten und Möbel.

- In einem Geschäft?

- Das ist ein neuer Trend, sage ich. Wie der Beton. Cross-over, gibt es im Belgischen Viertel. Da finden Sie coole Läden. Müssen Sie sich mal angucken.

- Überall Design?

- Überall Design.

- Ich bin nicht sicher, ob ich da hingehe, sagt sie.

- Es gibt Geschäfte, die Kaffee, Kosmetik und Pullover verkaufen.

- Frisör und Zeitschriften kenn ich, sagt Frau Kredelbach zögernd.

- Und Kaffee, sage ich.

- Nein, mein Frisör bietet keinen Kaffee an, aber ich müsste mal wieder hin.

- Denken Sie mal über die gelbe Anrichte nach.

- Ich stelle mir keine Sackkarre in die Diele.

- Ihre Wohnung würde noch stylisher.

- Was?

- Modischer. Sie haben ja schon Vintage-Möbel.

Frau Kredelbachs Finger vor meinem Gesicht sagt, letzte Warnung.

- Stühle und Tische wie Ihre habe ich gestern Abend gesehen, sage ich. Sie werden mir nicht glauben, aber diese Sachen sind gefragt.

- Ach. Das hier? lacht sie und tippt auf ihren Resopaltisch.

- Ja.

- Ist retro, was?, sagt Frau Kredelbach.

- Genau.

- Retrodesign?

Sie hat den Mund gespitzt und eine Kennermiene aufgesetzt.

- Oh, sagt sie, oh oh, nä nä, und funkelt mich an. Das tat mal wieder gut.

Die Schuhe
der deutschen Einheit

Und Sie sind extra zum Frisör gegangen?, frage ich.

Frau Wilden dreht ihren Kopf zum Licht und sagt, vorgestern, Frau Kredelbach, vorgestern, war mal wieder Zeit.

Sie steht in ihrem Kamelhaarmantel auf der Fußmatte ihrer Wohnung, bereit das Haus zu verlassen, die Tür hat sie gerade geschlossen und jetzt ist sie irritiert, weil ich gesagt habe, dass alle Geschäfte geschlossen sind.

Ich sehe, wie Frau Wilden nachdenkt. Das kann ich ihr ansehen. Jetzt ist das Nachdenken vorbei, und Frau Wilden ist verärgert. Abfällig mustert sie meine Haare, und ich trete einen Schritt zurück und umklammere das graue Treppengeländer. Wie schade, denke ich, dass wir nicht in die Stadt können. Von einem Moment zum anderen fühle ich mich kraftlos. Einen Kaffee würde ich annehmen. Wenn Frau Wilden sagen würde, kommen Sie doch rein, Frau Kredelbach, Sie müssen ja nicht im Flur stehen bleiben, kommen Sie, jetzt, da wir nicht wegkönnen, weil heute offenbar ein Feiertag ist, würde ich Ja sagen, gerne nehme ich einen Kaffee, prima Idee, ich bleib auch nicht lange.

- Die haben mir nichts gesagt, sagt Frau Wilden trotzig, ich dachte, heute ist alles offen.

Sie schlenkert das Wildlederetui mit ihren Wohnungs-schlüsseln.

- Hätte ja wirklich was sagen können, Ihr Frisör, so viel, wie die immer reden, brumme ich.

- Wie finden Sie es?

- Ihre Frisur?

- Ich bin nicht ganz zufrieden, sagt sie.

Betonfrisur, denke ich, die Farbe wie eine alte Kasta-nie, bisschen Orange drin, aber sage, joot, und vermute, dass Frau Wilden bei den Türkinnen war, die schneiden billiger, servieren schwarzen Kaffee und lassen das Haar-spray zischen, bis die Haare wie eine rosa Wolke aus Zu-ckerwatte stehen. Woher sollen die jungen Frauen wissen, dass der 3. Oktober der Tag der Deutschen Einheit ist?

- Ja, gefällt Ihnen?

- Da haben wir uns schön blamiert, sage ich.

- Schuhe kaufen am 3. Oktober, sagt Frau Wilden. Wessen Idee war das?

- Meine, sage ich. Ich brauche neue Schuhe. Die Schwarzen sind fast so alt wie die deutsche Einheit.

- 30 Jahre?

- Nicht ganz, sage ich, und ärgere mich, dass ich von meinen schwarzen Schuhen erzählt habe, die noch gut aussehen, weil ich sie pflege.

- Ja, finden Sie gut?, fragt Frau Wilden und drückt mit den Fingerspitzen vorsichtig gegen ihre Haare.

- Die Augenbrauen haben Sie mitmachen lassen?

- Gleicher Farbton, sagt Frau Wilden.

- Einen Pullover wollte ich auch, sage ich.

- Ich gehe nächste Woche wieder zu P & C. (Frau Wilden redet gerne davon, dass sie in dem feinen Kaufhaus auf das Schildergasse Prozente kriegt, aber ich glaube ihr nicht.)

- Stellen Sie sich das mal vor, sage ich, wir wären wirklich losgefahren, mir zwei, mit der Straßenbahn, und hätten vor Kämpgen gewartet. Wir hätten uns die Beine in den Bauch gestanden.

- Das wäre uns aufgefallen.

- Was ein Glück, dass ich noch unseren Nachbarn getroffen habe.

- Mit dem reden Sie ja gerne.

- Der hat gelacht, als er mich sah, so gestiefelt und gespornt, wie ich zur Tür rauskam.

- Kämpgen macht sowieso zu, sagt Frau Wilden.

- Der auf der Schildergasse?

- Ja.

- Wegen der deutschen Einheit?

- Weil die nicht genug Schuhe verkaufen, sagt Frau Wilden spitz, es gibt ja Leute, die kaufen sich nur alle Jubeljahre ein paar neue Schuhe.

- Der große Laden?

- Habe ich in der Zeitung gelesen.

- Und ich wollte was an meinem Style machen.

- Was wollten Sie?, fragt Frau Wilden.

- Style, sage ich.

Ich habe ein neues Wort gelernt.

- Kennen Sie nicht?, schiebe ich nach. Sagt auch et Jaquelinchen. Ich wollte mir Farbe gönnen. Ruude Schoh wollte ich mir zulegen. So wie der Papst. Dann wären mir zwei im Partnerlook zurückgegangen, Sie mit den neuen Haaren und ich mit den neuen Schuhen.

Frau Wilden guckt mich schief an, drückt ihr Kreuz durch und sagt, hat der damals eigentlich den Friedensnobelpreis bekommen?

- Der Papst?

- Der, der die Mauer einreißen ließ.

- Damals?

- Vor 30 Jahren.

- Der Honnecker?

- Doch nicht der Honnecker, sagt Frau Wilden, das war doch dieser Ami.

- Ich meine auch nicht den Honnecker, sage ich. An wen denken Sie? Ronald Reagan?

- Reagan?

- Glaub ich nicht.

- Nicht? Frau Wilden sieht mich vorwurfsvoll an und fragt unsicher, war das der Kohl …?

- Das ging doch von dem Russen aus, sage ich.

- Stimmt, sagt Frau Wilden.

- Wie hieß der gleich?, sage ich, der mit der netten Frau?

- Mit der netten Frau?

- Mit dem Klecks auf dem Kopf.

- Jelzin, sagt Frau Wilden.

- Gorbatschow, sage ich.

- Richtig, sagt Frau Wilden. Mein Mann mochte den nicht.

- Da waren ja noch unsere Männer, 1989, ja klar, der Karl ging Briefe austragen. Drüben in Klettenberg. Mit dem Fahrrad. Das war noch vor der Rente. Ach, sage ich, und seufze, vorbei, alles vorbei, und ich denke manchmal, es wäre gestern.

- In Parterre wohnte die Frau Sänger.

- Oh, dat Schratelswiev. Die hatte ich gefressen, sage ich, und bekomme wieder Appetit auf Kaffee. Einen Anlauf werde ich noch unternehmen, denke ich.

- Erinnern Sie sich, was Sie gemacht haben, als die Mauer fiel?, frage ich.

- Die fiel ja nicht, sagt Frau Wilden. Da standen ja die Ostdeutschen drauf.

- Die fiel nicht?

- Ich war zu Hause, sagt Frau Wilden und habe fern gesehen. Ich weiß noch, wie ich mich gewundert habe.

- Wir hatten auch den Fernseher laufen. Den ganzen Tag.

- Ich glaube nicht, dass das echt war.

- Nicht echt? Aber die bekamen doch alle hundert Mark.

- Ist Ihnen das nicht aufgefallen?, fragt Frau Wilden.

Mit einem schnellen Blick vergewissert sie sich, dass wir keine Mithörer haben, beugt sich vor und flüstert, das war nicht die Mauer zwischen Ost- und Westdeutschland.

- Nicht?

- Da war doch alles vermint, damit keiner fliehen konnte. Ging doch gar nicht.

- Jaja, sage ich unsicher.

- An der Mauer war Stacheldraht und davor ein Sand-streifen mit Minen, hab ich gesehen, ich bin mal durch Helmstedt gefahren, wo der Interzonenzug warten muss-te, und die Hunde unter dem Zug herliefen und guckten, ob einer drunterhing. Da konnten Sie unmöglich drauf auf die Mauer.

- Das war nicht die Mauer, auf der die Leute drauf-standen?, wiederhole ich ungläubig.

- Und was war mit den Fahnen und den Trabbis, die rumfuhren? Die kleinen Autos habe ich gut in Erinne-rung. Die Leute hatten die Fenster runtergekurbelt und die Köpfe rausgestreckt und alle lachten und winkten, und die Gesichter waren irgendwie über dem Dach, so klein waren die Autos. War das auch nicht echt?

Und weil Frau Wilden ein Gesicht wie ein Spitz macht, ein Spitz mit kastanienbraunen Augenbrauen, muss ich lachen, und die Vorstellung ist komisch, weil ein Spitz keinen Kamelhaarmantel trägt, und jetzt guckt sie so böse, dass ich fürchte, gleich wirft sie den Mantel weg und kläfft mich an.

Ganz klein sind ihre Augen, und ich denke, das wars wohl mit dem Kaffee, da kann ich mich noch so sehr auf das Geländer stützen und von einem Bein auf das andere treten, und ich bin gemein, weil ich plötzlich Lust be-komme, ein Feuerzeug unter ihre rote Zuckerwattenwolle zu halten, und sage, Sie meinen, man sollte die Deutsche Einheit nicht feiern?

Eine kleine Pause entsteht.

Frau Wilden mustert mich, und dann sagt sie, ich weiß

nicht, was Sie jetzt machen, stößt ihren Wohnungsschlüs-
sel ins Schloss, ich mache mir ein Piccolöchen auf.

Sie dreht sich in ihren Hackenschuhen auf der Fußmatte um, verschwindet in der Wohnung und schmeißt
die Tür hinter sich zu.

Einen Moment sehe ich noch die rosa Wolke, dann
löst sich das Bild im Türrahmen auf.

Lichterketten sind
meine Spezialität

Toll, dass Sie die Lampe repariert haben, sagt Frau Kredelbach. Ist meine Lieblingslampe.

- Ich habe nur den Schalter getauscht, sage ich. Hier, geht wieder. Vor. Zurück. Sehen Sie?

- Die Lampe selbst war nicht kaputt?

- Nein, sage ich, die Lampe war in Ordnung, und behalte für mich, dass auch der ausgetauschte Schnurschalter noch funktionierte.

- Ich habe schon überlegt, wo ich die Stehlampe hinbringen könnte, sagt Frau Kredelbach. Auf der Sülzburgstraße gibt es einen Elektrohandel. Aber ob die Ahnung haben? Heute wird ja nicht mehr repariert. Die Leute kaufen alles neu. So viel Mühe wie Sie macht sich keiner.

- Gibt es noch etwas zu tun?

- Der Schalter, murmelt sie, die Dinge kommen in die Jahre. Letztes Jahr habe ich einen Stent bekommen. Gefäßverengung.

- Das hier war einfacher, stottere ich.

- Bei mir wären fast die Lichter ausgegangen.

- Tatsächlich?, sage ich und überlege, was ich bei der Reparatur falsch gemacht habe. Ich hatte geschaut, ob die Lampe eingesteckt war. Sie war eingesteckt. Ich hatte die Glühlampe geprüft, das Leuchtmittel funktionierte. Danach war mir klar, dass das Problem im Schalter saß.

- Das ist der Schalter, hatte ich gesagt und mich mit einer kleinen Zange ans Werk gemacht.

Man muss dazu sagen, dass die kleine Zange seit vielen Jahren geduldig auf ihren Einsatz wartet. Sie ist ein eleganter Seitenschneider mit roter, butterweicher Kunststoffummantelung an den Griffen. Ein Handschmeichler, den man nicht mehr loslassen will. Ein sanfter Klick - und das Kabel war durchtrennt. Allein dieses chirurgisch saubere Knipsen war den Einsatz wert, und das Kabel, dessen Adern jetzt blank und glänzend bloßlagen, ließ sich mühelos im neuen Schalter befestigen, ja, es schien geradezu so, als hätten die Adern darauf gewartet, freigelegt zu werden, um jetzt, korrekt befestigt, für immer Strom zu transportieren.

Bis dahin verlief die Operation nach Plan, und vielleicht hätte ich den abgeschnittenen Schalter wegwerfen und nicht aufschrauben sollen, ich bin zu neugierig, so aber sah ich zu meiner Überraschung, dass der stromführende Draht in der Luft hing. Der Schalter einer 50 Jahre alten Stehlampe, der wie eine Wulst aus dem Kabel hervorsprang, war noch in Ordnung. Immer noch!

- Kaffee?

Ich weiß nicht, woran es liegt. Ich behalte bei Reparaturen Teile übrig. Nichts Großes, ein Schräubchen hier, eine Hülse da, manchmal eine Unterlegscheibe. Gelegentlich auch Federschrauben, selten Kabel. Die meisten dieser Teile wissen um ihre Bedeutungslosigkeit, sie rollen beim Ausbau in Richtung Werkzeugkiste. Andere verstecken sich hinter Schraubenziehern und Hämmern. Das sind eindeutige Signale. Die Kleinteile wollen nicht zurück. Erst wenn das Gerät wieder zusammengesetzt ist, recken sie ihre Köpfe, als wollten sie schauen, ob der Apparat ohne sie funktioniert. Ich sage nichts. Ich ermahne sie nie, ich schimpfe auch nicht, ich habe keinen Grund dazu, denn die überholten Fahrradlichter, Taschenlampen und Handmixer funktionieren tadellos.

Gut, sie klappern gelegentlich.

- Ich habe ein neues Leuchtmittel eingesetzt, sage ich.

- Eine Birne?

- Eine LED-Lampe, 11 Watt.

- Möchten Sie ein Bonbon? Ich habe Brustkaramellen.

Frau Kredelbach kramt in einer Schublade und fragt, was hatte der Schalter?

- Zink- und Eisenmangel, sage ich.

- In der Adventszeit verbreitet, sagt Frau Kredelbach, kriegen Sie schnell einen Infekt.

- Führt zu Materialermüdung, sage ich. Zehn Jahre, dann ist so ein Schalter hin.

- Der hats länger getan, sagt Frau Kedelbach, fuffzig Johr.

- So, sage ich und verschlucke aus Versehen den Drops.

- Der Hubert soll die Gallenblase rauskriegen, sagt sie und lutscht auf ihrer Kamelle. Ich will ja nicht immer mit Krankheiten, aber der hat mit der Galle Probleme. Übernächste Woche schon. Aber man kann auch ohne Gallenblase. Die wird nicht ersetzt.

- Das machen die heute invasiv, huste ich.

- Durch den Bauchnabel, sagt Frau Kredelbach, der wird aufgeknöpft. Schön hell, die Lampe, ist aber eine Operation. Darf man sich nicht vertun. Der Arme. Ich mache mir Sorgen.

- Mit der Lampe sparen Sie Strom, röchel ich.

- Wo Sie Strom sagen, sagt Frau Kredelbach, drückt sich aus ihrem Stuhl, geht ins Wohnzimmer und kommt mit einer Schachtel zurück. *Weihnachten* steht auf dem braunen Karton. Sie hat den Schriftzug mit blauem Kugelschreiber nachgezogen, um ihn besser lesbar zu machen, aber die zittrigen Linien ihrer Handschrift haben sich eigene Wege gesucht. Sie liegen nebeneinander.

- Sie sind doch so praktisch, sagt sie und nimmt den Deckel ab. Die Lichterkette springt ihr entgegen.

- Die soll über den Ficus, hab dieses Jahr keinen Baum.

Ich gucke auf die Lichterkette, die sich wie ein Berg Spaghetti auftürmt, und denke an meine rote Zange.

- Ist wohl ein Knüddel drin, sagt sie.

- Entwirren von Lichterketten ist meine Spezialität, sage ich.

- Ich habe ein bisschen dran gezogen. Hab einen schönen Salat angerichtet, seufzt sie. Wenn ich Ihnen irgendwie …? Vielleicht mit einer Gabel?

- Gabel?

- War Quatsch, sagt Frau Kredelbach. Obwohl. Wissen Sie, wie ich gestern Abend meine Schohnsreeme … ich ziehe immer am falschen Ende, ist ein Glücksspiel.

- Sie gehen mit der Gabel in die Schnürsenkel? Interessant, sage ich und habe schon wieder das Bild meiner Zange vor Augen.

- Eine halbe Stunde habe ich mich abgemüht, sagt Frau Kredelbach. Anstrengend, so mit dem Kopf nach unten. Unter dem Tisch hing ich. Am Ende musste ich die Schuhe *so* ausziehen. Da hinten stehen die Dinger. Immer noch zu. Ging nicht anders. Die Schohnsreeme macht mir der Hubert auf, der weiß schon Bescheid. Kommen Sie voran?

- Ich suche den Anfang.

- Anfang ist wichtig.

- Da ist mehr als *ein* Knoten …

- Ich probiere es manchmal vom Ende her, sagt sie treuherzig. Das liegt unten, aber wenn Sie nicht, der Hubert kommt heute Nachmittag.

- Wie schalten Sie die Lichterkette ein?, frage ich, weil mir plötzlich eine Idee kommt.

- An der Steckdose, sagt Frau Kredelbach. Ich nehme die da, unter dem Schrank. Kette rein, dann leuchtet die, abends wieder raus.

- Wenn ich das hier aufkriegen sollte, sage ich, könnte ich Ihnen einen Schalter in das Kabel setzen. Ich habe noch einen dabei.

- Das geht?

- Sie müssten dann nicht mehr unter den Schrank kriechen.

- So was können Sie?, sagt Frau Kredelbach.

Sie guckt mich mit großen warmen Augen an.

- Sie haben doch studiert.

Kein Leben ohne Kleckse

Als es wieder Weihnachten wird, habe ich Rosen gekauft, keine Gerbera mehr, ich wollte mich steigern, orange und gelbe, einen großen Strauß langstieliger Rosen, ich habe das Papier abgezogen und bei meiner Nachbarin geklopft. Sofort öffnet sich die Tür, Frau Kredelbach füllt den Rahmen aus, guckt vergnügt und sagt, ich han ald gewaadt.

- Frau Kredelbach, beginne ich feierlich, heute ist Heiligabend, und ich komme …

Hat sie wirklich auf mich gewartet?

- Ich komme wegen der Treppe, sage ich, Sie haben ein ganzes Jahr …

- Kumm rin Jung, ich mache uns Kaffee.

- Ja, sage ich, trete ein und sehe eine bis zum Rand mit Süßigkeiten gefüllte Tüte.

- Setzen Sie sich, ordnet Frau Kredelbach an, da auf die Bank, ist Ihr Platz, saßen Sie auch letztes Jahr. Sie greift zum Spültuch, wischt über den Tisch und stellt zwei weiße Tassen hin.

- Da freue ich mich, sagt sie. In meinem Alter bekommt man nicht mehr oft Rosen. Sie sagt Ruuse, füllt kochendes Wasser in den Kaffeefilter, kürzt die Blumen, gießt nach, wartet, weil sie es gut meint und einen zusätzlichen Löffel Kaffeemehl in den Filter gefüllt hat, stellt die Blumen in die Vase und deutet mit dem Kopf nach unten, ühr Tüüt es ald parat.

- Das ist nicht nötig.

- Mache ich gern.

- Viel zu viel, Frau Kredelbach.

- Hatte ich doch recht, murmelt sie.

Ich strecke behaglich die Beine unter dem Tisch aus.

- Inwiefern hatten Sie recht?

- Ach nur so, meint sie, ich wusste, dass Sie kommen, hatte mit der Frau Wilden von unten gesprochen, ist nicht wichtig.

- Was gibt es Neues?, frage ich.

- Neues? In meinem Alter?

Frau Kredelbach guckt listig.

Ich lasse ihr Zeit.

- Was haben Sie heut noch vor?

- Wir wollen auf den Friedhof, Frau Kredelbach sagt nohm Kirchhoff, die Frau Wilden und ich. Nachher ziehen wir los, die Männer besöke.

Männer besuchen verbindet die beiden Frauen, die vor Jahren ihre Partner verloren haben und alleine im Haus wohnen. Frau Wilden, die die Tür schließt, wenn ich vorbeikomme, rot ondulierte Haare, erster Stock, Frau Kredelbach, schüttere graue Haare, zweiter Stock. Sie werden mit der Straßenbahn zum Südfriedhof fahren, Frau Wilden mit Lederhandschuhen, Frau Kredelbach mit Hacke. Grabpflege, Erinnerung, Verzäll.

- Mein Karl, sagt sie, liegt auf ein Meter neunzig, so tief, und zeigt oben auf die Küchentür, damit ich mir ein genaues Bild machen kann. 1,90 m, bekräftigt sie, und es klingt nach Gardemaß, und, weil ich ungläubig gucke, sagt sie, das haben wir verabredet, damit dadrüber noch Platz für mich ist, ungefähr da, sie zeigt auf die Klinke, von oben gesehen, so ein Stück, sie geht zur Tür, schüttelt den Kopf, murmelt, doch etwas höher, sagen wir hier, wo der Katsch ist.

Sie fährt mit der Hand über die beschädigte Türzarge, tastet die Mulde ab und zwinkert mir zu.

- Mer will ja noch jet vuneinander han.

- Sie wollen …?

- … noch was voneinander haben, sagt sie, und ihr Hochdeutsch klingt umständlich, der Karl und ich, sagt sie, nicht die Frau Wilden. Zu der gehen wir hinterher, nach unserer Runde. Wenn die nicht wieder die Krise kriegt, die Frau Wilden, das kann passieren bei der, gerade im Moment, die ist sehr beschäftigt, aber geplant ist zu ihr, aufs Sofa. Vorher in die Kirche. Wollen Sie ein Plätzchen? Ich habe gar nicht gefragt.

- Gerne.

- Selbst gemacht. Ich darf ja nicht, der Zucker. Greifen Sie zu.

Sie reicht Plätzchen, sagt, erst in die Kirche, dann auf den Friedhof, dann zu ihr. Strammes Programm, vielleicht lassen wir auch die Kirche weg, die Männer sind wichtiger als die Kirche, heute jedenfalls, und den Pfarrer kennen wir. Also was der sagt, sie macht eine Handbewegung, eh immer das Gleiche. Am Abend sitzen wir zwei dann nebeneinander, zwei Alte auf dem Sofa, trinken einen kleinen Schabau und hören Musik. Aber sagen Sie das nicht der Frau Wilden.

- Versprochen, sage ich.

- Das mit den Alten. Die hält sich noch für jung.

Frau Kredelbach guckt amüsiert.

- Und sonst?

Ihr Mund wird weich, in den Winkeln zuckt Vorfreude. Sie muss jetzt schnell ihre Tasse absetzen, um nicht noch einen Schluck Kaffee zu verschütten.

- Sie wissen, dass die Frau Frau Wilden einen neuen Teppich hat?

Ich schüttele den Kopf.

- Nein?, sagt sie überrascht. Hören Sie das da oben nicht? Die ist doch den ganzen Tag am saugen.

- Ist der so empfindlich?

- Nä.

- Dreckig?

- Och nit.

- Was dann?

- Dä schangscheet.

Frau Kredelbach presst die Lippen aufeinander, um nicht loszuprusten.

- Was macht der Teppich?

- Der schangscheet. Kennen Sie nicht. Hab ich mir gedacht.

Frau Kredelbach laufen vor Vergnügen Tränen aus den Augen.

- Sie meinen, der Teppich changiert? Hat der einen Farbverlauf?

- Nix Farbverlauf. Der ist aus Velours, ein flammneuer Teppichboden, knietief und weich, und wenn man drübergeht, sieht man die Abdrücke. Wo Sie hintreten, ist es dunkelblau, wo es gerade noch hellblau war. Oder umgekehrt, können Sie so und so machen. Wegen dem Licht. Aber das versteht die Frau Wilden nicht, das mit dem Licht. Die sieht die Abdrücke und sagt, der Teppich schangscheet. Überall Abdrücke. Und Abdrücke sind Kleckse. Die Frau Wilden mag aber keine Kleckse. Der ihr Leben ist ohne Kleckse.

Frau Kredelbach funkelt mich an.

- Gibt es doch nicht, ein Leben ohne Kleckse, oder?, fragt sie.

- Nein, sage ich, das gibt es nicht.

- Sind wir uns einig.

- Absolut.

- Kleckse sind quasi überall.

- Wo man hinguckt, bestätige ich.

- Hat jeder.

- Ja.

- Bei manchen Leuten sind die auf der Seele, sagt sie ernst. Und bei mir auf dem Tisch, sagt sie und holt einen Lappen.

- Für die Frau Wilden muss alles perfekt sein. Ich wisch nur gerade den Kranz Kaffee weg. Da, hören Sie?

Von unten tönt ein leichtes Brummen hoch.

Frau Kredelbach reibt sich die Hände.

- Von wegen, Sie würden nicht kommen. Da hat die sich aber geschnitten, die Frau Wilden.

- Sie trinken gar nichts, sagt sie, greifen Sie zu.

Corona bringt Regen

Das Wetter verändert sich, sagt Frau Kredelbach. Merken Sie auch?

- Finden Sie?

- Ich glaube, durch das Corona gibt es mehr Regen.

- Ist mir noch nicht aufgefallen.

- Doch, beharrt sie.

- Sagt das der Wetterbericht?

- Denen fällt das nicht auf. Die sind langsam, aber ich spür das vorher. In den Knochen, noch bevor die das im Fernsehen verkünden. Habe ich in mir, sagt Frau Kredelbach, und zieht ihre Schultern hoch.

Was soll man machen?, soll das heißen, ich weiß es eben.

- Ich habe Ihnen Möhrensaft mitgebracht, sage ich, damit Sie fit bleiben.

- Und dann kann man es auch hören.

- Ah ja.

- Habe ja Ohren.

- Ich stelle ihre Einkäufe hier auf die Matte vor ihrer Wohnungstüre.

- Soll gut für die Haut sein, sagt sie.

- Ja, davon kriegen Sie einen rosigen Teint. Für die Augen ist der Saft auch gut.

- Ich meine diese Platzregen, gut für die Haut.

- Ja, sage ich gedehnt.

- Die dauern nicht lang. Sind ganz kurz. Aber intensiv,

insistiert sie, und lässt ihren Blick auf die Einkaufstasche sinken.

- Ob das noch was nutzt?

- Was?

- Rosige Haut, sagt sie, und guckt mich ratlos an.

Die Gespräche mit Frau Kredelbach holpern. Uns fehlen die gewohnte Umgebung, die Wärme ihrer Küche, ihr Kaffee und der Resopaltisch zum Abstützen der Hände. Seit Corona grassiert, reden wir im Hausflur miteinander, da ist es kalt, da ziehts.

Sie steht in ihrer Diele, ich auf dem graumelierten Terrazzo im Treppenabsatz. Wir halten Fußmattenabstand. Zwei Matten. Längs gelegt. Die Matten stellen wir uns nur vor, ihre Fußmatte bleibt gerade vor der Tür liegen, akkurat gesaugt, mitten drauf steht die Einkaufstasche. Eine lange Lauchstange ragt heraus, wie eine eingerollte Fahne, Frau Kredelbach dahinter, ich davor, zwei Menschen, die sich fremd werden.

- Danke, sagt sie tonlos.

Seit Frau Wilden vom ersten Stock abgetaucht ist, hat meine Nachbarin keinen, mit dem sie reden kann. Ihr Sohn Hubert hütet das Bett (dä hätt ävver nor en Erkäldung). Vivien und ihre Tochter kommen nicht vorbei. Es sind schwierige Zeiten.

- Gewitterregen, wiederholt Frau Kredelbach.

Durchs Treppenhaus schallt der Ton von Frau Wildens Fernseher. Sie sieht jede Sendung zur Pandemie.

- Ganz plötzlich. Und kurz. Eh ich am Fenster bin, hat es auch schon wieder aufgehört. War früher nicht.

- Mmh, sage ich.

- Glauben Sie nicht, oder?

- Sind die Straßen nass?

- Ich gehe nicht vor die Tür.

- Wann ist das, sagen Sie?

- Nach der Tagesschau.

- Viertel nach Acht?

- Wenn die Sondersendung zu dem Virus vorbei ist.

- Ah, sage ich, und mir kommt ein Verdacht.

Frau Kredelbach ahnt etwas. Sie sieht mich eindringlich an.

- Das prasselt richtig, sagt sie und betont jede Silbe. Das müssen Sie mit ihren schiefen Fenstern im Dach doch mitkriegen.

- Toilettenpapier habe ich nicht bekommen, sage ich, ist immer noch ...

- Ich sag's Ihnen, das Wetter spielt verrückt.

- Wenn Sie was brauchen ...

- Danke!

- Der Regen, von dem Sie sprechen, fällt der um neun Uhr abends?

So abschätzend, wie Frau Kredelbach mich anschaut, wittert sie eine Falle.

Sie schweigt.

- Weil abends um neun die Menschen in diesen Tagen ihre Fenster aufmachen und allen applaudieren, die jetzt für sie arbeiten, sage ich. Die Leute stehen im offenen Fenster und klatschen. Ganz laut und intensiv. Das hallt durchs Viertel. Eine Minute lang. Klingt ein bisschen so wie Regen.

- Gibts ja nicht, ruft Frau Kredelbach plötzlich, das ist ja Biomöhrensaft. Der leckere in der kleinen Flasche.

Sie hat sich vorgebeugt und ihren Kopf tief in die Einkaufstasche gesteckt.

- Das wäre aber nicht nötig gewesen, sagt sie. Und Fenchel! Wo haben Sie denn den bekommen?

- Ein bisschen Abwechslung.

- Kennt man sonst ja nur als Tee. Was kriegen Sie dafür?

- Das können wir später verrechnen, sage ich.

Sofort guckt sie mich tadelnd an.

- Sie wissen, dass ich zur Risikogruppe gehöre?

- Ja, sage ich, und Frau Kredelbach hält die Lauchstange in die Hand, dreht sie hin und her, und sagt, ich komm nicht mehr raus.

- Ach, sage ich, Sie verpassen nicht viel.

- Nein?

- Es ist nichts los in den Straßen, sage ich. Still ist es, nur wenige Leute unterwegs. Einige Handwerker, die was in den Häusern zu tun haben. Postboten fahren rum, UPS und DPD, das Übliche.

- Und Kinder?

- Kinder sind auch draußen.

- Gott sein Dank.

- Die bemalen den Bürgersteig.

- Mit Kreide?

- Ja.

- Wie früher?

- Auf dem Pflaster steht *Lächeln ist nicht ansteckend.*

- Ach, wie schön, sagt Frau Kredelbach, wie schön. *Lächeln ist nicht ansteckend*, nä, dat es et nit, na ja, manchmal schon, nit wohr, und sie strahlt mich an, und ich lächele zurück, und für einen Moment ist es wie immer, vertraut und nah, und sie sagt, Kinder, was würden wir ohne die Kinder machen, aber im Krankenhaus, da möchte man auch nicht liegen.

- An Ihrer Stelle, sagt sie und wird wieder ernst, an Ihrer Stelle würde ich mein Geld nehmen.

Nicht scharf, aber süß

Der Hubert war in China, hab ich das erzählt? Ja, sind die hingefahren, nicht lange her, Anfang Dezember. Auf die Insel.

- Insel?, frage ich und überlege, ob Frau Kredelbach wirklich China meint.

Frau Kredelbach sagt, jaja, China, wie heißt die Insel gleich?

- Irgendwas mit Fo.

- Formentera?, helfe ich.

Sie guckt mich tadelnd an. Vorwurfsvoll. Wie kann ich sie für ungebildet halten?

- Nit Formentera. Weiß ich auch, wo das liegt. Nein, weiter. Da unten. Der war in China. In ... na, sie ärgert sich, weil ihr der Name nicht einfällt, Fo ... Fo ... wie hejß dat nochens?

Ich vermute, dass ihr Sohn auf die Kanaren geflogen ist.

- Sie meinen Fuerteventura?

- Nä, dat is doch widder woanders. Das ist im Mittelmeer, sagt sie, nein, ich meine dahinten, helfen Sie mir, Sie wissen das, Sie fahren doch in der Weltgeschichte rum, ich nicht, ich kenne das nur von Erzählungen, For ... For ..., und als ich nicht reagiere, sagt sie unwirsch, ich komme gleich drauf.

- Formosa?, frage ich.

- Ja, sag ich doch, meint Frau Kredelbach erleichtert,

Taiwan. Ist doch China. In Taiwan war der, 14 Tage, mit dem Vivien. Die hat das organisiert, also nicht organisiert, gebucht, in einem Reisebüro, und dann sind die da runtergeflogen.

Ich bin verblüfft. Hubert, der Sohn meiner Nachbarin, Fahrer bei den Kölner Verkehrsbetrieben, ein braver Mann, den es im Urlaub an die Mosel zieht.

- Taiwan?

Frau Kredelbach hört meine Skepsis und sagt, das ist nicht der Hubert, das ist die Vivien, so als wäre damit alles klar.

- 14 Tage, Halbpension, aber mit Rundfahrt, auf der Insel, dabei spricht die gar nicht Taiwanisch. Auch nicht Englisch. Das Vivien käme da unten alleine nicht zurecht. Die haben ein Führer gehabt. Was das kostet. Aber schöne Bilder haben sie gemacht. Von den Bergen, die es da gibt, und den Tempeln, die es da gibt. Ist alles bunt. Wollen Sie sehen?

Frau Kredelbach ist stolz. Sie sagt, da ist es warm, die waren am Strand und schwimmen, einmal sogar auf einem Markt. Der Markt ist nachts. Im Dunkeln. Das ist nicht ein Markt wie hier auf dem Auerbach Platz, wie wir den kennen, in Taiwan wird auf dem Markt gekocht, mitten auf der Straße, mit Feuer, da kann man nichts einkaufen, nur essen, wenn man es mag.

- Plätzchen? Greifen Sie zu. Der Hubert hat gebackenen Fisch genommen.

Frau Kredelbach formt aus ihren Händen eine Tüte und beginnt zu kichern.

- Däm es tireck dat Muul widder upjesprunge.

- So scharf, dass ihm der Mund aufsprang?

- Der Gaumen schlug Flammen. Das war gerösteter Fischtofu. Eine Chilischote wäre nichts dagegen, sagt Hubert, ihm wären fast die Augen aus dem Kopf getreten. Das war ein Missverständnis mit dem Führer. Passiert. Der arme Kerl war Chinese, der sprach nicht gut Deutsch. Und das Tofu hieß Ti-an-bu-la. Ald ens jehürt?

- Bitte?

- Schon mal gehört?

- Den chinesischen Namen?

- Nein? Erkläre ich Ihnen. Tianbula kann man übersetzen mit Nit scharef, ävver söß. Gut, was! Die sind lustig, da unten, die Taiwaner. Der Hubert ist zum Nachbarstand gerast und hat dem Chinesen einen geeisten Milchtee aus den Händen gerissen. Den hat er runtergestürzt, und prompt hat es im Hals gekribbelt.

- Ich frag, was war das?

Sagt er, die kleinen Fische, die ich vorher in der Tüte gesucht habe, schwammen im Tee, aber das war kein Tee, das war ein öliger Tran mit Algen und Eiswürfeln.

Stellen Sie sich mal vor, der wollte doch nur einen kalten Tee haben, zum Abkühlen. Bekommt der Lebertran, der Arme. Und das in der Hitze.

Frau Kredelbach schüttelt sich.

- Die haben viel gesehen, da in Form …, war aber zu warm. Und haben sich verlaufen. Das ist da unten auch normal. Die Chinesen kennen fünf Himmelsrichtungen. Nord, Süd, Ost, West, habe ich vergessen, wo die fünfte liegt, irgendwo auf der Insel, da weiß man nie, wo man dran ist. Ich sage Ihnen, wer fünf Himmelsrichtungen hat, der verläuft sich nicht nur, der schmeckt auch anders.

- Sie wissen, was ich meine. Die haben mehr Sinne wie mir. Es gibt süß, salzig, bitter, kennen Sie - sie zählt an ihren Fingern ab - und sauer, klar, da unten aber auch noch scharf. Aber nicht einfach scharf wie Mostard aus Dijon oder aus Düsseldorf, nein, so scharf, wie wenn man dir einen Bombengurt aus Chilischoten um die Zunge wickelt.

Das Temperament ist mit ihr durchgegangen.

- Sagt der Hubert.

- Klingt gefährlich, sage ich.

- Der macht so Sprüche, sagt Frau Kredelbach.

- Und der Hubert verträgt die Schärfe nicht. Quallenarme musste der essen und Jemös, das vom Teller fottrannte, weil et Beinsche hat.

- Gemüse mit Beinen?

- Waren Maden.

- Maden?

- Oder haben die keine Beine? Dann Kakerlaken.

Frau Kredelbach tun plötzlich nicht nur Hubert, sondern auch die Tiere leid.

- Die Chinesen essen alles, stöhnt sie. Mit Stäbchen! Ich könnte das nicht, mit meinen steifen Fingern. Gegrillte Haut vom Schweinekopf, er hat mir ein Foto gezeigt, eine platte Schnauze mit zwei Löchern. Und die Hauptattraktion auf dem Markt war ein Stand, wo es gestunken hat, wie wenn de Düüvel persönlich brutzele deiht. Umgeben von großen Schwefelwolken. Und mittendrin ein Männchen, ganz dürr, der war schon vergiftet, weil der die Leibspeise der Taiwaner briet: Stinkendes Tofu! Schon mal probiert?

- Nein, sage ich.

- Das ist Pudding aus Sojamilch, die umgekippt und ein paar Monate gegoren ist, mit Fischlake, von Fischen, die nicht mehr gut sind.

- Das Vivien hat Kreislauf gekriegt, und der Hubert hat sie schnell weitergezogen. Kamen sie zu einer kleinen Chinesin. Und die hat schön gelächelt, sagt der Hubert.

Frau Kredelbach zwinkert.

- Bei der gab es Rühreier, die Vivien sagt Omelette, die ist ja was Besseres, und dann haben die Rührei gegessen.

Frau Kredelbach macht kleine funkelnde Augen und holt sich ein Taschentuch aus der Schürze.

- Die Vivien, sagt sie, und macht eine Pause, die Vivien denkt, mit Omelette kann man nichts falsch machen. Das Rührei, was es da gab, müssen Sie sich rosa vorstellen. Wie eine Pampelmuse, war aber nicht bitter, sondern süß, sagt der Hubert.

Meine Schwiegertochter hat sofort der Köchin Komplimente gemacht, da kennt die nix, mit Daumen hoch, und Mmh und Oh, sich auf den Bauch klatschen, weil die kein Taiwanisch spricht, und dann hat die Chinesin gelacht und den Topf aufgemacht, stolz war die, ist ja klar, kamen extra Touristen aus Deutschland, um bei ihr was zu essen, und die Vivien, Frau Kredelbach kann das Lachen nicht zurückhalten, können Sie sich die Situation vorstellen? Die Vivien, chic, mit Hut und Sonnenbrille, den Kopf im Topf, die ganze Zeit Ah und Oh, und dann luurt et in gestocktes Entenblut.

- Lecker, sage ich.

- Seitdem will die Vivien nicht mehr fliegen.

- Urlaub in Deutschland.

- Geht auch.

- Mosel?

- Mosel, bestätigt Frau Kredelbach. Ist auch näher. Noch einen Kaffee?

Der Kuss

Ich dachte immer, Bio wäre dasselbe wie grün, also am Anfang, wie das losging in der Politik. Grün wie die Grünen, die Partei. Und ich habe mich gewundert, dass die Leute unreife Sachen wollten. Ävver god, dacht ich, wenn das gesund es. Kam mir trotzdem komisch vor. Jrön.

Jetzt ist es anders. Ich kaufe es ja selbst.

Ah, Sie staunen.

Neuerdings, ja. Nit alles, dat es mir zo düür. Soll ich Ihnen sagen, warum? Wegen dem Kuss. Jetzt sind Sie platt. In meinem Alter. Ich bin ja früher oft schwimmen gegangen. Im Neptunbad. Da in Ehrenfeld. War ja das einzigste, was nach dem Krieg aufhatte. Und nach dem Schwimmen gingen wir immer in eine Bäckerei und kauften Negerküsse. Für den Heimweg.

Was sagen Sie?

Jeder einen, nicht mehr, das Stück zehn Pfennig. Oder fünf? Weiß ich nicht mehr.

Was?

Soll man nicht mehr sagen, habe ich gehört. Verboten. Vielleicht wegen dem Küssen. Ja, die Zeiten ändern sich, das war nicht immer so. Also nicht N-Küsse, sondern Mmh-Küsse.

Sie lachen. Später wurden die Mmh-Küsse umbenannt, dann hießen die Mohrenköpfe, nix mehr mit küssen. Schade eigentlich. Aber Mohrenköpfe war nicht lang, wegen der Gastarbeiter und der Schwarzen.

Was sagen Sie?

Ich kann Sie kaum verstehen. Sie hat es ja heftig erwischt, so wie Sie am krächzen sind. Ja, nicht aus der gleichen Ecke, das weiß ich doch, wo die herkommen. Die kamen ja von, von da unten, außerdem nach und nach. Und fanden das nicht gut, diesen Namen, Mohrenköpfe, kann ich auch verstehen.

Was?

Ja, soll man auch nicht sagen, gut, gut, dann Mmh-Köpfe. Danach hießen die Dinger Dickmanns. Ist das besser? Dickmann? Hören Sie mal! Klingt nicht anständig. Aber lecker waren die schon, die ganze Zeit. Und danach? Wissen Sie, wie das weiterging? Kam ein neuer Name. Ich weiß nicht, ob sich wieder jemand beschwert hat, plötzlich sehe ich in den Regalen Schaumküsse, die waren leicht und in großen Packungen. Ich glaube, das war Aldi. Unten ne pappige Waffel. Und es gab kleine Küsse, also Bützchen, Schaumküsschen, weniger Luft, auch fein. Kann ich Ihnen irgendwas Gutes tun?

Nicht? Nein?

Ich habe den richtigen N-Küssen nachgetrauert, den originalen, den mit der dicken Bitterschokolade, die so schön knackte, wenn man reinbiss. Den Geschmack habe ich immer noch auf der Zunge. Von damals, wenn wir vom Schwimmen kamen. Der geht nicht weg. So was bleibt. Wie der von Eiskonfekt und Lakritzschnecken. Gabs da aber nicht, wo wir vorbeikamen, in Ehrenfeld, war ja ne Bäckerei, wo wir kauften, zwei Stufen nach unten, in den Laden. Lakritzschnecken, die man teilen und auseinanderziehen konnte, das war später am Büdchen, mit dem Pulver, wie hieß das noch mal, Brausepulver, Brausepulver von Ahoi. Ahoi vergesse ich nicht. Wenn eine Firma Ahoi heißt, geht der Name nicht mehr aus dem Kopf.

Wo war ich?

Ah ja, Schwimmbad. Wenn wir vom Schwimmbad kamen, hatten wir den Turnbeutel mit der dünnen Kordel über der Schulter, drinnen das feuchte Handtuch, das wir um den nassen Badeanzug rollten. Unsere Finger waren schrumpelig und rochen nach Chlor, aber das war egal, den Zeigefinger steckten wir in den Mmh-Kuss und leckten ihn ab, das war das Beste am Schwimmen, in die Mitte rein, und das klebte, oh war lecker. Und heute?

Heute ist alles Bio.

Und man muss aufpassen.

Bitte?

Auch mit den Bezeichnungen, ich weiß, ich weiß. Vollkornmehl zum Beispiel, seit ich das braune Vollkornmehl nehme, schmecken die Plätzchen nach Sand. Ist Ihnen auch aufgefallen? Ja, das Mehl quillt anders. Aber die Schokolade ist besser geworden. Ich nehme die dunkle und beim Kaffee den aus Äthiopien, eine doppelte Portion, also zwei Stückchen. Von der Schokolade, nicht vom Kaffee, das Herz. Kleine Stückchen, ich habe ja Zucker. Mahlen Sie selbst?

Nein?

Sie müssen nix sagen. Schonen Sie Ihre Stimme. So

heiser, wie Sie sind. Wie nach Karneval. Hagebutte. Wäre das was? Für Ihren Hals, ich glaube, das wäre gut. Sie kriegen von mir jetzt einen Tee. Einen Biohagebuttentee.

Da staunen Sie. Wollte ich Ihnen ja noch sagen, wie ich auf Bio gekommen bin.

Der Kuss ist schuld, der Mmh-Kuss. Den gibt es nämlich jetzt auch in Bio, innen und außen, vom Eischnee bis zur Schokolade. Beides. Und der ist gut, teuer, aber gut, müssen Sie mal probieren. Kriegen Sie hier um die Ecke bei Alnatura. Sechs Stück in einem Karton, wie die Eier. Nur dass der Karton an der Kasse nicht aufgemacht wird.

Was?

Nä, da guckt keine Kassiererin rein und dreht die Dinger um, weil die vielleicht ein Loch haben. Machen die nicht.

Und wissen Sie, wie der Mmh-Kuss heißt?

Biokuss! Ja, besser kann man et doch nit sagen.

Das Virus vom Trottwar

Seit Sie mir die Maske gegeben haben, sagt Frau Kredelbach, gehe ich wieder raus, mit dem Ding auf der Nase. Weit komm ich nicht. Ist wenig Luft drunter. Wissen Sie, wo ich war?

- Frisör?

Sie schüttelt den Kopf, ihre Schultern rutschen weg, die Augen sagen, hoffnungslos. Frisör! Was für eine Idee. Wenn sie dort gewesen wäre, sähe man das. Jeder würde es erkennen. Als erste die Frau Wilden von unten. Frau Wilden würde kein Wort von sich geben, aber sie sähe es. Wie kann man einen Frisörbesuch vermuten, wenn die Haare wie Wirsing vom Kopf hängen?

- Ich war auf der Post, sagt Frau Kredelbach, und bedauert in diesem Moment ihre Frage, wo sie hingegangen sei. Aber nun hat sie sie gestellt, und sie würde gerne erzählen, was sie erlebt hat, weil in ihrer Geschichte eine Überraschung steckt.

- Da muss ich auch hin, sage ich.

- Vorsicht, sagt Frau Kredelbach. Die Leute standen bis auf die Straße. Und noch weiter, um die Ecke rum. Ich weiß nicht, was die Menschen immer in der Post machen, was die fragen, habe ich noch nie verstanden. Brief oder Päckchen. Viel mehr ist nicht, oder?

Gut, die verkaufen jetzt auch Papier.

Die Schlange war enorm lang, ich musste mich draußen anstellen, vor der Tür, paar Geschäfte weiter, am

Dessousladen. Vielleicht noch Umschläge oder Sonder-marken, Pakete, das ist es dann aber. Vor dem Wäschela-den habe ich noch nie gestanden. Ich hatte die braunen Schuhe an, zum Glück, die sind bequem. Die da hinten. Sind schon ein bisschen ausgetreten.

Frau Kredelbach zeigt in die Diele und bekommt wei-che Gesichtszüge, als wären ihre braunen Schuhe Welpen. Weil ich ja lange stehen musste vor dem Laden mit den Dessous. Die Sachen, die es da gibt, sind klein. Habe ich mir genau angeguckt, wenn man da schon mal steht, Sie kennen das sicherlich, die spannen die Sachen auf, auch die kleinen schwarzen … sehen aus wie Masken. Sind aber noch kleiner, können Sie durchgucken. Gegen Co-rona wär das nix.

- Nein?

- Würde nicht helfen. Die haben eine Kordel, von hinten nach vorn. Und Spitzen, nicht mein Fall, ich meine die Schnur, meine Güte, es ging nicht voran, alles rot und schwarz in dem Laden, und endlich rückten wir vor, in das Postamt rein, innen Kontrolle und Hände waschen, es wäre auch nicht schlecht, wenn die Toiletten aufstellen täten, vor der Post, ich musste nur einen Brief frankieren, einen großen, wo man nie weiß, was der kostet, ich habe eine halbe Stunde gewartet, das würde sich schon lohnen, mit der Toilette, es gibt doch diese mobilen, und dann sagt mir die Schalterfrau …

- Hatten Sie die Maske auf?

- Die hatte ich fest auf der Nase. Wissen Sie, was die sagt? Ich wäre besser in das Wäschegeschäft gegangen, da wär ich netter bedient worden. Sagt die Frau hinter ihrer Scheibe, dass ich keine Maske tragen darf.

- Sondern?

- Tja.

- Das Ding mit der Kordel?

Frau Kredelbach droht mir mit dem Finger.

- Ich dachte vielleicht wegen der Trennwand, hinter der die stand, weil man sich sonst nicht versteht, aber die Schalterfrau hatte mich verstanden, 1,55 Euro kam da drauf, auf den Brief, ich weiß nicht, ob es Marken für so krumme Beträge gibt, den Brief sehen Sie ja nicht mehr, den nehmen die ihnen ab, sät et för mich laut, wir sind eine Bank!

- Vornehm.

- Wir sind eine Bank! Das war mir neu. Eigentlich können die nur Briefmarken, ävver et meint, wann isch se övverfalle deit - Frau Kredelbach tippt sich empört auf die Bluse - ich, dann wollten sie mich in der Kamera tireck erkenne künne.

- Finde ich richtig, sage ich.

- Und das ging mit Maske nicht. Wie, finden Sie richtig? Ich ein Bankräuber?

- Junge Frau, habe ich gesagt, wenn ich heute mit Corona ins Krankenhaus komme, werde ich auf Triage behandelt. So sieht es aus. Die Tage, wo ich eine Bank überfallen wollte, sind ald lang vorbei. Und wenn, dann würde ich keinen Mundschutz tragen. Dann käme ich richtig maskiert.

- Sehr gut.

- Überhaupt würde ich eine anständige Bank nehmen.

Frau Kredelbach kichert.

- Bankräuber. Wissen Sie, wen ich auf dem Rückweg getroffen habe?

- Frau Wilden.

- Genau. Gut zu erkennen, weil ohne Maske, aber mit Parapluie. De Parapluie opgespannt. Obwohl die Sonne schien. Das hätten Sie sehen müssen, wie die Frau Wilden mit Schirm über die Berrenrather Straße ging. Forsch, als hätte sie es eilig, und wenn ihr jemand entgegen kam, machte sie einen Ausfallschritt, und, Frau Kredelbachs Stimme schlägt Kapriolen, un stoch met dä Schirm zo. Zack, zack. Ich han nit gewoss, dat de Frau Wilden fechte kann. De Lück spritzte nor so vom Trottwar.

- Warum machte sie das?

- Die hat nichts gegen die Leute. Die scheuchte das Virus vom Trottwar.

- Nein!

- Wenn Sie noch mal raus wollen - die rechte Seite der Berrenrather ist gerade sauber.

Herrensachen von Amazon

Gehen Sie durch, sagt Frau Kredelbach, oder wollen wir ins Wohnzimmer?

Ich überlege, was passiert sein könnte, denn ins Wohnzimmer hat sie mich noch nie gebeten.

- Doch nicht, sagt sie, hier lang und deutet in ihre Küche mit der kleinen Sitzecke.

Also gehe ich in die Küche und setze mich wie immer an den Tisch mit der abgewetzten Resopalplatte.

- Sie trinken einen mit …?

Frau Kredelbach nimmt einen Filter aus der Schachtel, faltet vorsichtig die Tüte, bedächtig, das hat etwas Weihevolles, Knick unten, Knick an der Seite, drückt den Filter in den Trichter und kramt den Dosierlöffel aus der Schublade. Vier Löffel. In den letzten Löffel sagt sie, Se han ming Trepp jeputz. Milsch?

- Gerne.

- Habe gestern einen Hefekringel gebacken, sagt sie und findet eine Weile nichts interessanter als die Dampfwölkchen, die aus der Kesseltülle steigen.

Als die Wölkchen zu einem Luftstrom werden, gießt sie das Wasser über den Kaffee und löst das braune Mehl mit seinen bläulichen Blasen vom Rand.

- Tschibo, sagt sie, ohne mir Bescheid zu sagen.

- Ich habe die Fenster geputzt, sage ich, und, einmal in Fahrt, die Treppe gleich mit.

- Das ist ein *Wasser*kringel. Liegt im Eimer, ich nehme

den gleichen wie zum Treppeputzen, aber natürlich sauber, da kommt der Teig rein, in ein Abtrockenhandtuch. Dreht sich im Wasser.

- Wenn die Hefe aufgegangen ist?

- Ja, ist die Hefe. Die drückt den Knoten nach oben. Ich hatte schon das Putzmittel parat.

Frau Kredelbach schneidet ein Stück vom Zopf ab. Die halbierten Rosinen glitzern. Ihr Tisch hat Krakelee. Ein Netz haarfeiner, beinahe quadratischer Risse durchzieht die Resopalplatte. Das war mir nie aufgefallen.

- So alt bin ich auch nicht.

- Ich dachte …

- Kein Zucker?

- Nein.

- Nur Milch?

- Kommt nicht wieder vor.

- Ich lege uns zwei Löffel drauf, gluckst sie sofort und öffnet ihre Kaffeedose.

- Für jeden einen, für Sie, für mich, für Frau Wilden nicht.

- Warum?

- Die hät kei Zick mih för misch. Nicht mal für einen Klaav im Hausflur. Frau Wilden kauft jetzt beim Amazong. Sagt sie aber nicht, die sagt Netz, die Frau Wilden kauft im Netz, also, da im … Frau Kredelbach macht eine vage Bewegung ins Nichts.

- Ist aber der Amazong. Wie die jungen Leute in Parterre. Die ahl Frau Wilden. Hat einen Computer, sagt sie. Glauben Sie das?

- Warum nicht?

- Probieren Sie mal. Vielleicht macht man da Kreuzchen wie früher im Quelle–Katalog, denk ich mir so. Oder Neckermann. Gibt es den noch?

- Sehr saftig, lobe ich.

- Der rote Eimer da, sagt sie, und dann kommt das Zeug mit der Post. Der ganze Kram. Ich weiß nicht, ob die Frau Wilden einen Computer hat. Die kommt doch schon mit dem Staubsauger nicht klar.

- Was sagt sie?

- Et säät jo. Jo, säät et. Aber was will die mit einem Computer? Ich glaub, die kauft in diesen Parfüm-Kanäle im Fernsehen, so jood wie die rüch, kennen Sie bestimmt, das Programm, wo die Shopping-Queen auftritt. Sie sagt Computer. Computer sät et. Der ist mir gut gelungen, der Kringel, oder? Sagen wir, Computer. Der Mann von der Telekom war da, habe ich gesehen. Zufällig.

- Ävver et flupp nit.

Sie blinzelt mich an.

- Künnt isch misch drüvver verlösteere.

- Was klappt nicht?

- Das Bestellen. Müssen Sie mal gucken, auf der Post. Da bringt die Frau Wilden die Pakete wieder hin. Greifen Sie zu, der ganze Krempel geht retour! Alles, wat et bestellt hät. Postwendend. Frau

Kredelbach hält sich den Bauch vor Lachen.

- Hat die falschen Knöpp jedrück auf dä ihrem Computer. Die ist schäl, die Frau Wilden, wenn die das Schlüsselloch sucht vor ihrer Tür im Flur, mein Gott, in der Zeit können Sie Schuhe besohlen. Ävver zu eitel für ne Brille. Mit 75. Der ganze Krempel zurück zum Amazong.

- Was glauben Sie, ist in den Paketen?

- In denen, die Frau Wilden kriegt?

- Na?

- Kleider?

- Ich denke Herrensachen. Die hat doch so große Füße, findet doch nix. Das kann nicht gut gehen. Ohne Brille.

Frau Kredelbach nickt zufrieden, das Urteil über Frau Wilden ist gesprochen.

Doch neugierig ist meine Nachbarin schon. Sie nimmt einen Schluck Kaffee, überlegt kurz und sagt sie, die haben schon viel, da, bei Amazong, oder?

- Alles, sage ich.

- Echt?

- Sogar Putzmittel.

- Für die Trepp?

Sie zwinkert mir zu.

Die Atome vom Südfriedhof

Als ich den Nikolausplatz überquere, öffnet sich die Kirchentüre und Frau Kredelbach tritt auf die Stufen. Sie sieht mich, guckt verlegen und sagt, mir war gerade danach. Ihre Hand hebt sich, ihr Finger zeigt nach oben.

- Manchmal brauche ich jemanden, mit dem ich reden kann.

- Gutes Gespräch?, frage ich.

- Mmh, sagt sie.

- Nicht?

- Hä hüürt mr nit zo.

- Er hört Ihnen nicht zu?

Frau Kredelbach macht einen Schmollmund.

- Könnte er ruhig machen, sage ich, wenn Sie extra vorbeigehen.

- Finde ich auch, sagt Frau Kredelbach und dreht der Kirche den Rücken zu.

Sie geht langsam auf die Berrenrather Straße zu.

- Wollen Sie über die Straße?, frage ich.

- Normal nehme ich die Ampel, sagt sie.

- Kommen Sie, sage ich.

Ihre Schritt sind kurz, ich gehe neben ihr her, ein Stück voraus, sie kommt nicht nach. Ein Autofahrer muss bremsen, ich hatte die Geschwindigkeiten nicht richtig eingeschätzt, als ich meine Nachbarin auf die Straße zog.

Frau Kredelbach ist in Gedanken. Vielleicht in Sorge.

Auf dem Bürgersteig angekommen, bleibt sie stehen und sortiert sich.

- Wussten Sie, sagt sie, dass von uns Atome übrig bleiben?

- Bitte?

- Wenn wir längst tot sind?

- So, sage ich überrascht.

- Die kommen aus der Erde raus.

- Ach.

- Nicht auf einmal, nach und nach.

Frau Kredelbach nickt.

- Wie passiert das?

- Mit dem Regen, sagt sie, oder mit den Würmern, keine Ahnung, Sie fragen Sachen. Warum wollen Sie alles so genau wissen? Vielleicht mit dem Maulwurf. Die Atome verteilen sich jedenfalls. Da und da und da.

Ihre Hand beschreibt einen Halbkreis und wandert über die weihnachtlich dekorierten Geschäfte.

- Es geht nichts verloren, sagt sie. Kein Teil. Nix. Ja, da gucken Sie. Ist nicht alles vorbei. Ein Stückchen bleibt übrig, ein kleines Stückchen, auch von mir. Die Atome bauen sich woanders wieder ein, die bleiben nicht für sich, von denen bleibt keiner allein, da muss keiner Angst vor haben, die sammeln sich in Gruppen.

- In Gruppen?

- Ja, glaube ich. Habe ich gehört.

- Im Radio?

- Kann ja nicht mehr so gut lesen, seit ich, murmelt sie, mit den Augen, ich höre jetzt mehr Radio.

- Das ist eine beruhigende Vorstellung, sage ich.

- Die Atome sind dann vielleicht en Blom.

- Was sind die?

- En Blom, eine Blume. Stell ich mir so vor.

- Das ist ein schönes Bild.

- De Atome künne sujar ene Hungk wäde.

Sie lacht.

- Ein Hund?

- Blom oder Möpp, sagt Frau Kredelbach, und meint, das mit dem Hund sei nicht sicher, worauf ich lache, und sie sagt, ich spreche nicht von meinen Atomen, sondern ganz allgemein.

- Was aus den Atomen wird, bestimmt die Natur. Oder was gerade in der Nähe ist. Also der Zufall, in gewisser Weise. Nicht wie eine Wiedergeburt, nicht dass Sie das missverstehen, dass ich neuerdings da Anhängerin von bin, es gibt viele Möglichkeiten, wir haben einen Haufen Atome in uns.

Sie musterte mich, und sagt, praktisch überall. Wo Sie hinpacken. Und manche davon, ein grenzenloses Erstaunen, wie es nur Kinder haben, legt sich über Frau Kredelbachs Gesicht, machen Sie sich keine Vorstellung davon, wie viele das sind, sagt sie, manche können später in einem Tier stecken oder in einem anderen Lebewesen. In einer Pflanze zum Beispiel. Theoretisch.

- Sogar Straßenschild geht.

- Gehen Sie jetzt nach Hause?, frage ich.

- Sie glauben mir nicht.

- Doch, doch, sage ich.

- Künne mr jo zosamme jon, sagt sie und setzt nach, auch in dem Straßenschild stecken Atome.

Wir gehen langsam den Bürgersteig entlang. Frau Kredelbach schweigt.

Ich überlege, ob ich sie gekränkt habe.

Vor einem Blumengeschäft bleibt sie stehen.

- Weihnachtssterne, sagt Frau Kredelbach versonnen, oh sind die schön.

- Kommen Sie rein, sage ich entschlossen, und freue mich, dass Frau Kredelbach nicht protestiert.

Drinnen flüstert sie mir ins Ohr, wenn Sie also demnächst noch was von mir haben wollen, Södfriedhoff, deef enodeme.

- Tief Einatmen? Auf dem Südfriedhof?

- Einen Weihnachtsstern, sage ich zur Verkäuferin, und zu Frau Kredelbach sage ich, gut, dann werde ich dort mal Luft schnappen.

- Endhaltestelle von der 12.

- Versprochen, sage ich.

Sie stößt mir mit dem Ellenbogen in die Seite.

- Aber passen Sie auf, wo Sie Ihre Nase reinstecken, nicht dass Sie den Karl erwischen. Der liegt unter mir. Auf einen Meter neunzig. Und der Karl könnte mehr von den Arosolen abgeben, weil der ja schon länger, ach egal, wenn Sie von dem ein paar Atome abkriegen, macht nichts. Dat wor ene Joode.

- Frau Kredelbach, sage ich und senke meine Stimme: Sind doch gerade über 70.

- Zweiunaazig.

- Dann kommen noch ein paar schöne Jahre.

- Ist der Stern für mich?

Sie tut überrascht wie ein Schulmädchen.

Was kriegen Sie von mir?

Ich schüttele den Kopf.

- Danke, sagt sie vor der Tür und guckt mich traurig an. Ich weiß nicht, es gibt Tage, da fällt mir alles schwer, da komme ich einfach nicht in Fassong.

- Das kennt jeder, sage ich.

- Ich werde langsam, sagt sie, und die Haare werden dünner, und die Füße dicker, und je älter man wird, desto winniger jood dät mr rüche.

- Man riecht nicht mehr so gut?

Ich will ihr widersprechen und sauge die vertraute Duftwolke auf, die Frau Kredelbach umgibt. Sie riecht nach Bergamotte, Zitrone und Orange, für meinen Geschmack ein bisschen süß, aber so riecht 4711, und mir fällt nichts ein, was ich ihr sagen könnte.

- Ja, sagt Frau Kredelbach, ja, ja, und klingt ein bisschen verloren.

Sie nimmt den Weihnachtsstern in den Arm, holt Luft, will etwas sagen, aber ich höre nur, jo jo.

- Soll ich Ihnen diese Woche das Treppenputzen abnehmen?

Mit einem Ruck bleibt sie stehen.

- Ich bin noh nit dud. Und solange ich mich beschweren kann, mache ich die Treppe.

- Et jeiht och ald besser.

- Prima, sage ich, dann hat Ihnen vorhin vielleicht

doch jemand zugehört.

- Wo?

- Sie kamen gerade …

- Sie meinen in der Kirche? Nein, protestiert Frau Kredelbach, mir geht es wegen der Atome besser. Das beruhigt mich. Man will doch nicht einfach verloren gehen. Und so ist man noch für was gut.

Sie betrachtet den Weihnachtsstern, zupft etwas Staub ab und streicht versonnen über die Blätter.

- Wer weiß, sagt sie, wer weiß, wer da drin steckt.

Coronasonntage

Heute ist Sonntag. Das müsste ich nicht sagen, wenn nicht schon gestern Sonntag gewesen wäre. Aber heute ist Sonntag, und ich friere vor Glück, denn aus dem Radio fließt die Cello Suite No. 2 von Bach, ganz langsam, zart und friedlich binden sich die Töne, wie dunkler Honig, und das Celloholz vibriert so sehr, dass mir die Tränen aufsteigen.

Ich muss mich setzen.

Jeden Sonntag höre ich Klassik, seit der Karl nicht mehr ist. Die Musik tröstet mich an leeren Tagen, und sie hilft mir auch über die Sonntage, an denen ich nicht vor die Tür darf. Wegen diesem Lockdown. Der hat eine eigenartige Wirkung. Die Tage sind seltsam, ich verstehe sie nicht. Sie wiederholen sich auf rätselhafte Weise. Auch das Wetter bleibt gleich, die Luft scheint sorgenfrei und rein, gleichzeitig ist sie klar und scharf wie Bergluft, und die Sonne blinzelt wässrig, sie ist weiß.

Durch die Redwitzstraße weht ein starker Wind.

Ich schnaufe durch und stehe auf, öffne das Fenster und schaue hinaus. Kalte Frühlingsluft, die nicht nach Frühling duftet, fällt herein und drückt sich an mir vorbei.

Ich mache einen langen Hals und suche die Welt nach Dingen ab, die sich verändern.

Die Autos sind es nicht. Sie stehen, wo sie gestern standen, ihre Schatten ziehen sich über den Asphalt, wie sie sich gestern zogen, und die Sonne spiegelt sich in den Heckscheiben, wie sie das gestern tat.

Der Wind bläst so sehr, dass ich das Fenster wieder schließe. Frische, kalte Luft legt sich um mich. Ich fühle mich in der Schwebe, wie gestern, wie vorgestern.

Seit das Coronading mich an die Wohnung fesselt, bin ich im Flow. Das sage nicht ich, das sagt Jaqueline, meine Enkelin. Von der hab ich das Wort Flow. Hinten mit Ouh, Oma!

Mein Sonntagsflow.

Dieser Flow macht schwindelig, nicht viel, nur ein bisschen, es ist kein Fieber, gottlob kein Fieber, es ist anders. Der Flow kitzelt. Leicht. Er streift die Haut am Hals, wie das ein feiner Schal macht. Einer aus Seide. Das ist nicht unangenehm. Es kitzelt. Ich glaube, es kitzelt, weil das Virus die Zeit bremst und die Menschen besänftigt. So viel Ruhe, die Leute sind sediert. Wenn sie vor die Tür gehen, bewegen sie sich eigenartig. Viele sind nicht draußen. Sie gehen Kurven. So, als lägen überall Hundehaufen. Die Menschen gehen vorsichtig aufeinander zu und schlagen Bögen um einander. Wenn sie auf gleicher Höhe sind, wenden sie die Köpfe ab. Als würde ihnen der Tod begegnen. Bloß nicht in die Augen gucken. Ich glaube, sie halten die Luft an.

Ich beobachte das alles aus meinem Fenster. Die Bilder, die ich sehe, sind hell und haben klare Konturen.

Ich habe Zeit zu gucken, ich gehe nicht mehr raus. Unten erblicke ich ein paar Passanten. Sie schleichen wie Kätzchen. Gehen lautlos, rollen auf ihren Pfoten ab. Und wer nicht geht, als würde er abrollen, der ist auf Inlinern unterwegs, diesen Dingern, bei denen die Räder hintereinander stehen. Merkwürdigerweise fahren die Leute darauf wie in Zeitlupe. Sie holen mit Armen und Beinen weit aus und gleiten dahin. Auf dem Bürgersteig. Ich glaube, die Menschen wollen aus der Zeit fahren. Sie strengen sich an, rudern wie die Wilden, aber es gelingt ihnen nicht. Man kann den Sonntag nicht verlassen. Durch die Hülle kommt man nicht durch.

Nicht mal ein Murmeltier würde es schaffen. Gab mal einen Film, in dem ein Fernsehmann jeden Tag das Gleiche erlebte. Hat der nicht von dem Murmeltiertag in Amerika berichtet und nicht gemerkt, dass er sich Tag für Tag wiederholte?

Ein Windhauch streift meine Unterarme und kribbelt. Die Fenster sind nicht dicht, ich werde mit dem Vermieter reden müssen, und ich gucke auf die Uhr, das mache ich oft, den halben Tag schon, und wenn ich auf die Uhr geschaut habe, blicke ich auf den Kalender.

Heute ist Sonntag.

Ich könnte die Füße hochlegen, weil Sonntag ist. Es mir bequem machen. Oder meine Blumen gießen. Aber die Blumentopferde ist noch feucht.

Doch, denke ich, du musst das Gleiche wie gestern tun. Also gieße ich meine Pflanzen, obwohl sie feucht sind. Der Gummibaum braucht nicht viel Wasser, der ist zäh. Ich rede mit ihm, aber er versteht nichts. Gummibäume sind nicht schlau. Ich spreche trotzdem weiter, gieße auch die grüne Topfpflanze mit diesen harten, senkrechten Blättern. Die sich aus der Erde rausdrehen. Wie heißen die noch mal? Die am Rand gelb sind. Die Pflanze kriegt einen Extra-Schluck sauberes Wasser, weil sie keinen Stiel hat. Ist ja ein Nachteil.

- Du Arme, sage ich, gucke sie prüfend an, aber sie sagt nichts.

Ist vielleicht auch nicht klüger als der Gummibaum.

Frau Wilden erzählte, dass die Kirche zuhat.

- Wegen Überfüllung?, fragte ich.

- Nee, wegen dem Corona. (Sie guckte mich von oben herab an.)

- Das verstehe ich nicht, sagte ich. In der Kirche habe ich immer auf Abstand gesessen.

Frau Wilden kann patzig gucken.

- Beim dem Pfarrer ist das nicht schlimm, sagte ich.

- So schlecht ist der nicht, sagte sie.

Frau Wilden darf man nicht mit der Kirche kommen. Da wird sie bös.

Die Haare müsste ich mir machen lassen. Aber jetzt hat das Virus auch die Friseure zugemacht. War zu erwarten, wenn alle Abstand halten sollen. Wie kann man auf Abstand Haare waschen? Mit einem Schlauch? Und Schneiden mit einer Schere, die so lang ist wie im Struwwelpeter? Das wäre eine schöne Sauerei, mit Schlauch und Heckenschere.

- Eine Beichte ist noch möglich, nicht wahr, Frau Wilden?

- Nein, auch nicht?

- Wieso? Hocken die Aerosole schon in dem Kabuff?

- Wie bitte? Ja, bleiben Sie auch gesund.

Der Hubert sagt, ich muss durchhalten.

- Kein Problem, habe ich gesagt, mein Nachbar über mir bringt mir alles mit, der kauft ein. Brauche ja nicht viel.

- Ich weiß, dass du nicht verhungerst, sagt mein Sohn.

Er meint, wenn ich jetzt sterben tät, könnt das Jaqueline nicht mit zum Südfriedhof. Nur er. Wegen der Ansteckung. Und davon hätte dann keiner was.

- Bin ich im Sarg denn immer noch ansteckend?

Nicht mal das Vivien dürfte mitkommen, meine Schwiegertochter.

- Dat Vivien nicht?, habe ich überrascht gefragt.

In dem Moment ging es mir besser. Ich dachte, das wäre die Gelegenheit. Wäre ich sie los. Na ja, sie mich aber auch. Aber um das kleine Jaqueline tät es mir leid. Wäre kein Abschied. Was würde die denken? Traurig wäre sie, das wäre nicht gut. Und so, wie mir die Haare gerade vom Kopf hängen, will ich nicht in die Kiste klettern. Da warte ich lieber noch.

Kannst beruhigt sein, Hubert. Heute passiert nichts. Heute spielen sie Bach. Und morgen auch. Ist ja Sonntag.

Jetzt klatschen die Leute im Radio.

Ouh, so viele sind das, denke ich, so viele haben mit mir zugehört, wie schön.

Die Schwämm
der Frau Kredelbach

K önnen Sie mal gucken?
Frau Kredelbach steht im Treppenhausflur wie
eine Tropfkerze, die Schultern schief, die Hände liegen schwer am Körper. Ihre Augen flackern vorwurfsvoll über der rot-gelben Schürze.

- Es hat sich wieder verstellt.

- Was?, frage ich.

Sie schweigt.

- Ich komme, sage ich, scheint ja eilig zu sein.

- Wenn es funktioniert, ist es ja praktisch, grummelt sie und führt mich zu ihrem Küchentisch.

- Da, sagt sie und zeigt auf ihren Laptop. Wer ist El Gordo?

- Wo?

- Da, ist doch alles voll. Gucken Sie mal. El Gordo. Was heißt das?

- Der Dicke, sage ich.

- Der Dicke?

- Ja, das ist eine Lotterie in Spanien.

- So, der Dicke aus Spanien. Na ja. Und hier: Wir vergolden Ihren Diesel. Ich habe kein Auto.

- Lassen Sie mal sehen, sage ich und spreche wie ein Mechaniker, der die Motorhaube arretiert. Ich drücke den Laptopdeckel zurück, damit ich mehr erkennen kann.

- Das scheint Werbung zu sein.

- Hatten Sie mir nicht gesagt, Werbung.

Frau Kredelbach hat die Maus ergriffen und quetscht sie unter ihrer Hand zusammen.

- Man kann das so einstellen, dass Sie weniger Werbung bekommen. Darf ich mal …?

- Und warum schreibt Amazong, dass heute ein schwarzer Freitag ist? Das sind doch die mit den Paketen, oder? Was bilden die sich ein, dass heute ein schwarzer Tag ist? Wollen die mir die Stimmung verderben? Erst der Dicke, dann der Schwarze Freitag? Und hier. Kennen Sie meine Decke?

- Eigenartig, sage ich.

- Sie haben mir das eingerichtet.

- Ich weiß, Frau Kredelbach. Hat bis gestern ja funktioniert. Lassen Sie mal schauen.

- Meine graue Decke? Kennen Sie die? Die mit den Fransen? Wieso hat Ikea meine Adresse? Da war ich doch ewig nicht mehr. Und jetzt geben die mir einen Gutschein. Ich kann da nicht mit schlafen.

- Verstehe ich nicht.

- Wieso?

- Das wird ein Massenversand sein.

- Die meinen mich gar nicht?

Jetzt ist sie empört.

- Gehen Sie mal höher.

- Die meinen mich nicht? Das schicken die auf Verdacht los? Das auch? Ihr Finger zeigt auf den Bildschirm. Das mit dem Hörgerät? Hier! Ist doch frech.

- Ich glaube, sie sind …

- Wenn ich mich mittags kurz hinlege, sagt sie, nehme ich die Decke, für auf et Sofa. Eigentlich die bunte, aber die hat jetzt mein Sohn, weil der immer friert. Die hab ich ihm gegeben. Jetzt habe ich die alte. Ist auch warm, hat aber lange Fransen. Warum bin ich auf der Liste von *Ich will hören*? Ist das eine schwarze Liste?

- Gehen Sie mal zurück.

- Wie zurückgeben? Die hab ich dem geschenkt. Die soll der mir nicht zurückgeben, die Decke, die soll der Hubert behalten. Ich habe ja noch die graue Decke. Die kennen Sie. Die mit den langen weißen Fransen. Aber wenn ich die über mich werfe, mittags, ich schlaf ja nicht lange, deswegen brauche ich nur die Wolldecke, dann habe ich die Fransen im Nacken. Kennen Sie das? Merken Sie erst nicht, die sind raffiniert, die dünnen Biester, die senken sich langsam über mich, am Anfang ist das egal, das spüren Sie nicht, nur wenn Sie kurz vorm Einnicken sind, so ein Sekündchen, bevor Sie wegtreten, dann meldet sich die Haut und fängt an zu jucken, erst wenig, aber dann wie raderdoll.

- Das ist der Spam-Ordner.

- Was für'n Ding?

- Klicken Sie mal auf Eingang.

- Ich zieh die Decke höher, redet sie weiter, kitzelt mich die nächste Franse am Hals, also schlag ich die Decke um, damit die Fransen innen sind, dann ist es gut, aber bei mir gucken die Fööss raus, wer ist Sandra?

- Keine Ahnung.

- Wie, keine Ahnung? Hier, diese Sandra. Die da! Ihr Finger drückt auf den Bildschirm und erzeugt auf dem Display eine fette Wolke. Die wollte ich Ihnen zeigen. Wegen dieser Sandra habe ich bei Ihnen geklingelt. Wie die mich so frech anluurt. Warum soll ich die treffen? Die hat kaum was an. Und woher hat die meine Adresse? Wer ist das überhaupt, die Sandra? Mit so einer hatte ich noch nie was zu tun.

Frau Kredelbach schnauft empört.

- Das waren Sie, oder?, sagt sie.

- Klicken Sie mal hier.

- Wärme dich mit Ideen. Jaja, Wärme dich mit *Decke* wäre besser. Die Decke wäre was für Ihre Sandra. Da würd die nicht frieren. Kriegt sie aber nicht. Von mir nicht. Den ganzen Mittag habe ich auf dem Sofa gelegen und die Fransen verscheucht, die Decke ist warm, das ist gute Qualität, aus dem Kaufhof, aber an den Enden sind diese weißen Zöpfe.

- Darf ich an den Rechner?

- Mal hatte ich eine Franse am Kinn, mal im Mund. Kennen Sie das, eine Franse in der Schnüss? Sogar in der Nase, und das ist heimtückisch, ich meine, wie soll ich so schlafen? Bin ich also wieder aufgestanden und hab die Kiste hier angemacht, um zu gucken, ob mir einer schreibt. Da muss man sich doch aufregen. Entschuldigen Sie, dass ich gleich zu Ihnen rüberkomme, aber *Sofort feste Zähne statt klappriger*. Hören Sie mal. Das geht doch nicht. Das ist doch, das ist doch … und dann Sandra. Das ist das Allerletzte. Bietet die sich mir an. Halb nackt. Liegt das an der Maus? Probieren *Sie* mal.

Frau Kredelbach lässt sich erschöpft auf den Küchenstuhl fallen.

- Sie sind im Spam-Ordner.

- Das ist mir egal, wo ich bin, wehrt sie ab. Das ist alles bei mir angekommen. In meinem Postfach. Ich habe nichts gemacht, *Sie* haben mir das Programm eingerichtet. Mit dem Mädchen. Ich will gar nicht wissen, wie das zusammenhängt - ach, gucken Sie mal.

Frau Kredelbach beugt sich vor und ihre Stimme wird weich: Aldi-Gutscheine, hatte ich noch gar nicht gesehen, und Lambertz schreibt mich an. Das sind doch die mit den Printen. Mögen Sie die auch? Mir sind die manchmal zu hart.

- Stopp!, kreischt sie. Machen Sie noch mal zurück. Haben Sie gesehen? Ihre Stimme überschlägt sich: Da!

- Was?

- Diese Sandra erinnert mich auch noch!

- So, hier haben Sie Ihren Eingang.

- Meinen Eingang?, echot Frau Kredelbach und guckt mich irritiert an. Da ist ja nix. Das Fach mit den Schwämm war voll.

- Spam, sage ich. Hier in der Spalte können Sie wechseln, wenn es sich verstellt hat. Eingang, Gesendet, Spam.

Frau Kredelbach schnauft.

- Muss man der antworten?

- Wem? Der Sandra? Nein, mache ich auch nicht.

- Ne, machen Sie nicht?

Frau Kredelbach atmet laut aus.

- Wissen Sie, was ich vorhin gelesen habe?

Sie bricht ab.

- Sie kennen die doch, die Sandra, oder?

Bekümmert schüttelt sie ihren Kopf und deutet auf den Küchenstuhl.

- Setzen Sie sich. In dem anderen Fach habe ich gelesen, dass ein 87-Jähriger nach seiner Beerdigung in eine Gruppe Trauergäste fuhr. Hab ich lachen müssen. Nach *seiner* Beerdigung. Mit dem Auto. In Franken war das. Nehmen Sie doch Platz. Aber ich hatte mich verlesen. Nicht nach seiner Beerdigung. Nach einer Beerdigung. Und dann ist es schrecklich. Der Mann war bestimmt durcheinander.

- Ja.

- Hat vielleicht auch Post von Sandra bekommen.

Frau Kredelbach mustert mich.

- Kennen Sie die schon länger? Sagen Sie nichts, sagen Sie nichts. Ich bin zu neugierig. Tut mir leid. Das ist alles nur, weil ich heute mittag nicht schlafen konnte. Wegen den Fransen. Bin durcheinander. Und als ich das hier gelesen habe. Dachte schon, die Leute sind komplett verdötscht. Darf ich Ihnen einen Kaffee anbieten? Für Ihre Hilfe? Bleiben Sie noch fünf Minuten. Sie lassen mich jetzt nicht allein.

Schon ist Frau Kredelbach aufgestanden und hantiert an ihrem Küchenschrank.

- Einen Kaffee, sagt sie. Weil Sie mir das so schön erklärt haben mit dem Dicken aus Spanien und den ganzen Schwämm.

Ich sag du zu mir

Badezimmer. Halb sieben. Hier fängt der Tag an, und ein Pantoffel ist weg.

Na prima.

Aber so beginnt es, jeden Morgen. Ich bin halb barfuß unterwegs, es muss schnell gehen, aber was heißt schnell? Schnell für mein Alter, also mit Ächzen und Abstützen. Und mit einem Pantoffel. Ich hinke durch den Flur und sehe, dass meine Badtür vergilbt ist.

- Guten Morgen!, krächze ich und stöhne.

Ah. Sitzen.

Wenn ich aus dem Badezimmer komme, suche ich den Schuh. Ich suche jeden Morgen den Schuh. Für mich Gymnastik. Ich gucke unter das Bett (zwei Mal), probiere vorsichtig in die Knie zu gehen. Irgendwo muss der Bursche sein. Manchmal schleicht er sich nachts raus und legt sich im Dunkeln hin. Er legt sich einfach dort hin, wo es ihm gefällt. Neulich hat er die Fensterbank erklommen. Einfach so. Keine Ahnung, wie der das macht. Ich war in Sorge. Warum klettert mein Pantoffel auf die Fensterbank? Schlafwandelt der oder treibt ihn die Neugier? Hat er Kummer? Ich finde es gefährlich, so als einzelner Pantoffel, ist ja dunkel. Sagen tut er nichts, der Schlappen. Nie.

Huch! Da ist er! Zwischen meinen Beinen. Hat sich von hinten angeschlichen. Wie nett. Ein Hund könnte nicht treuer sein. Der Pantoffel kommt jetzt gelegen, mein Magen grummelt, ich bin schon fast eine Stunde auf und muss rüber. Mit dem Knurren des Magens beginnt das, was ich Besichtigungsrunde nenne. Es ist ein Programm, mein Corona-Besichtigungs-Programm, das hab ich erfunden, weil ich jetzt noch alleiner als allein bin und nicht vor die Tür darf.

Die Uhr zeigt halb acht, es geht los: Exkursion in die Küche, mit Frühstück.

Ich schluffe hin, die Diele knarrt, die Hüftgelenke schmerzen. Mein Kreislauf ist im Keller, hinter der Tür aber malt die Sonne die Küche aus. Schon wackle ich auf das Fenster zu, stütze mich auf die Fensterbank und gucke raus. Unten ist die Schreinerei Michel. Manchmal höre ich, wie die Säge aufkreischt. Heute tut sie das nicht. Heute ist es still. Still wie auf dem Friedhof. Wie gestern und vorgestern.

Keiner da, denke ich.

Wenn ich genug nach unten geblickt habe, hebe ich meinen Kopf und drehe ihn nach links. Dann betrachte ich die Wand aus gebranntem Ziegelstein. Mich beruhigt das Muster. Ich gucke mir die tiefen Fugen, in denen der Zement verkümmert, an, bis mir die Augen weh tun. Gut, sage ich dann. Alles am Platz. Ich hole tief Luft und atme aus. Das war's links. Mehr ist links nicht. Beim besten Willen nicht. Rechts ist besser. Rechts ist Natur. Von meinem Küchenfenster aus sehe ich einen Ast, den die Kastanie von sich streckt. Ich sehe nur diesen Ast, wollte ich den ganzen Baum sehen, müsste ich aus dem Fenster klettern, mache ich nicht. Der Ast ist schwarz, Blätter hat er nicht, kann noch kommen, es ist erst April.

Eine Amsel schaut mich an, und ich schaue zurück.

Als die Amsel auffliegt, sage ich, du hast es gut, du kannst dich bewegen, und drehe ich mich um: Da steht meine Eckbank, davor der alte Tisch. Heute sind wir zu dritt.

- Du machst dir jetzt einen Kaffee, sage ich. (Ich sage du zu mir).

- Gib mir mal die Dose.

Das Kaffeemehl verwahre ich in einer Dose, die Filter stecken in der Pappschachtel. Im Kessel koche ich Wasser, ich stelle Brot, Butter und Erdbeermarmelade auf den Tisch. Fehlt noch was? Die Flöte vom Kessel fehlt, sie fehlt schon seit langem, und ich warte darauf, dass der Dampf austritt. Mir geht es gut, ich muss mich nicht hetzen, für das gemeinsame Frühstück ist genügend Zeit vorgesehen. Fast hätte ich die Tabletten vergessen.

Das Corona-Besichtigungs-Programm sieht eine Führung durch die Küche vor. Das interessiert mich. In der Küche erfahre ich jeden Morgen etwas Neues. Es gibt immer Fragen von den Besuchern. Zum Beispiel: Aus welcher Epoche stammt der Resopaltisch? Ist der noch original?

Ich mache die Führung in Pantoffeln mit und fühle mich wie in einem Schloss. Das macht mich ein bisschen stolz. Ich war mal mit meinem Mann an der Loire. Mit dem Bus. Ist lange her, Frankreich. Wir haben große Schlösser mit großen Parks und niedrigen Büschen besichtigt, und in jedem Schloss gab es Schluffen für die

Besucher, damit das Parkett nicht verkratzt wurde. Alte Bohlen habe ich auch. Sonst sieht es anders aus. Meine Gäste sind höflich und fassen nichts an. Es sind ja keine Kinder dabei. Aber aufpassen muss man schon ein bisschen. Zu den gerahmten Fotos gebe ich gerne Auskunft, es sind immer die gleichen Fragen.

- Das hier ist Karl, mein Mann, der ist nicht mehr. Steht auf der Rückseite.

- Bitte?

- Nicht sein Tod, sein Name, Karl Kredelbach.

- Ja, lachen Sie, das befreit. Wenn Sie den Karl mal besuchen wollen: Südfriedhof, Endhaltestelle von der 12, Sie fallen von der Bahn quasi in den Friedhof. Gehe ich gerne hin. Hohe Bäume und Blumen, die Ruhe tut gut. Allerdings fahren da Leute mit dem Fahrrad durch.

- Ja, auf dem Friedhof. Da muss man aufpassen. Ich will nicht umgefahren werden. Nicht in meinem Alter.

Bei der Exkursion durch die Küche sammele ich Staubflocken auf (wenn keiner hinguckt). Ist mir peinlich, das mit den Wollmäusen, aber die Staubflocken sieht man wirklich nur, wenn die Sonne so reinscheint wie heute.

So, was steht noch im Programm?

Putzen. So heißt das nicht, das heißt, Moment … wo ist der Zettel? Am Kühlschrank. Reinigungs-Workshop. Hab das Wort von meinem Sohn Hubert. Wenn die Schulung machen bei der KVB, sagen die Workshop. Warum *Shop*, keine Ahnung, weiß wahrscheinlich die KVB. Ein Laden ist der Shop nicht. Also bei mir jetzt: Reinigungs-Workshop. Es gibt wirklich nichts zu kaufen, es läuft aufs

Putzen raus. Jeder nimmt sich ein Lappen und heißes Wasser, und dann schwärmen wir aus. Ich bleibe in die Küche, hier ist am meisten zu tun. Heute ist Dienstag, dienstags mache ich die Dinger weg, die kleinen, die Mikroben. Die sitzen im Spülstein. Ich verwende dafür einen Metallschwamm, geh einmal im Becken rum, auch die Seiten, danach mit Lappen, und finde es gut, dass ich nicht alleine putze.

Wenn ich fertig bin, lese ich den *Wochenspiegel*. Der *Wochenspiegel* liegt unten im Hausflur, er ist kostenlos. Ist aber eine Zeitung. Ich lese laut, auch die Fragen aus dem Kreuzworträtsel lese ich laut vor, dabei kann ich Hilfe gebrauchen, und meistens fällt jemandem was ein.

Um 12 Uhr treffen wir uns wieder.

- Hallo, sage ich dann, wer sich die Hände waschen will …

Das Mittagessen gibt es am Ecktisch in der Küche. Das finden alle gut. Die Menschen sind sich ähnlich, das stelle ich immer öfter fest, besonders wenn sie Hunger haben. Mittags ist die Sonne aus der Küche raus, das ist gut, brät keiner an, morgens kann es heiß am Rücken werden, und wissen Sie was? Ich freue mich, weil um 13 Uhr Siesta auf dem Sofa ist, man muss auch mal zur Ruhe kommen.

Pah. Schon höre ich mich schnarchen. Habe immer ein schlechtes Gewissen, wenn mir der Mund offensteht.

Scheint keiner gehört zu haben. Wenn ich schnarche, ist es 14 Uhr, das weiß ich, Punkt 14 Uhr, und ich muss mich berappeln, denn jetzt machen wir die Besichtigung des Wohnzimmers. Das tue ich am liebsten. Kommt doch alle mal her, sage ich. Es gibt so viel zu entdecken. Und anders als in den Schlössern an der Loire ist bei mir nichts abgesperrt. Wär auch kein Platz für eine Kordel zwischen Sofa und Kommode. Kein Platz und viel zu gefährlich. Vor allem, wenn die Kordel tief hinge. Da würde bestimmt jemand stolpern. Wahrscheinlich ich. Bloß nicht. Also alle hier rein. Bitte durchgehen. Im Wohnzimmer kann man in Fotoalben blättern.

- Wer ist das neben dem kleinen Hubert? Der Junge da?

- Das ist der …

- Kommst du nicht auf den Namen?

- Hat der nicht hinterher eine Lehre als Installateur gemacht?

- Oder Schlosser? Bei Ford?

- Nee, Ford war das nicht.

- Wie hieß der noch mal?

- Ist alles so lang her.

Danach ist Zeit zur freien Verfügung. Das haben alle gern, auch jetzt, wo das so schlimm ist mit dem Corona. Ich streune in der Wohnung rum.

Wichtig ist, dass wir uns verteilen, man soll sich ja nicht zu nahe kommen. Platz ist vorhanden, ich habe meine Wohnung immer groß gefunden, zwei Zimmer und das Bad und die Speisekammer, das sind ja auch Räume, wenn auch kleine. In der Speisekammer lässt sich die Tür nicht schließen, wenn man drin ist, das wäre zu eng, im Bad aber schon. Arme ausstrecken geht allerdings nicht, aber das ist egal, ich bin kein Hubschrauber.

Rückkehr ins Wohnzimmer ist am späten Nachmittag, wenn wir uns zu einem Tee mit Plätzchen treffen. Auf dem Sofa! Jetzt wird es gemütlich. Kann man schwaade und sich austauschen. Schwaade ist mir wichtig, ich erzähle gerne!

Jeder macht an so einem Tag andere Erfahrungen. Darüber reden wir, und ich lache manchmal. Und dann, wenn das gemütliche Beisammensitzen vorbei ist, müssen wir aus dem Sofa hochkommen.

- Oaah!

- Komm, steh auf, lass dich nicht hängen.

- Och.

- Los, hoch!

- Kreislauf.

- In der Küche steht das Abendessen.

- Schon fertig?

- Es gibt ein Glas Bier.

- Sag das doch gleich.

- Reich mir deine Hand.

- Stellst du den Fernseher an?

- Hab keinen Hunger.

- Nachrichten?

- Wollen wir gucken, ob die was gefunden haben?

- Gegen Corona?

- Ja.

- Das wäre schön. Dann käme ich wieder unter Menschen.

Der Tod macht kleine Schritte

Sie sind doch schnell unterwegs, sagt Frau Kredelbach, wirft den grauen Lappen, mit dem sie den Küchentisch abgewischt hat, in die Spüle und umkurvt den Holzstuhl mit der breiten Lehne. Weil die Lehne weit geschwungen ist, macht sie kurze Schritte im Rücken des Stuhls, versetzt ihm einen Klaps und fragt, legen Sie auch was auf die Seite?

- Ob ich spare?

- Ja, seh ich doch, wie Sie die Straße runterrasen. Lange Schritte auf Ihren Gummisohlen, immer in Eile, und Sparen ist wichtig.

- Ich gehe gerne schnell, sage ich und weiß nicht, worauf sie das Gespräch richten will.

- Das ist gut, das ist gut, sagt Frau Kredelbach.

Ihr Schwung hat sie bis zur Anrichte getragen. Sie greift nach der Schrankkante, hält sich aber nicht an ihr fest, was sie gerne macht, sondern stößt sich ab, sonderbar sieht das aus, sie drückt sich weg wie eine Schwimmerin am Beckenrand, wendet leicht schaukelnd, paddelt mit den Händen, um ihr Gleichgewicht zu halten, setzt die Füße parallel, kommt wieder in Gang und erreicht den Tisch.

- Ist mir kürzlich klar geworden, sagt sie schnaufend. Ich mache das an den neuen Automaten, kennen Sie die?

- Ich kann Ihnen nicht folgen, sage ich.

- Ah, wor isch ald widder zo flöck, sagt Frau Kredelbach, lächelt zufrieden und wiederholt, war ich zu schnell für Sie?

- Bitte erklären Sie es, sage ich, aber langsam, weil ich nicht schnell begreife.

Neben mir wachsen die Topfpflanzen wie sie immer wachsen, der Wind zieht durch das Fenster, wie er immer zieht, alles ist in Frau Kredelbachs Küche wie immer, und doch spüre ich eine Veränderung. Meine Nachbarin wirkt elektrisiert. Sie steht unter Strom, denn sie hat schon wieder abgedreht und tigert über das Linoleum. Mir fällt auf, dass sie schneller als gewöhnlich spricht. Auch ihre Gedankensprünge sind wilder.

- Was meinen Sie mit schnell unterwegs? Warum sparen?, frage ich.

- Isch höppe met dr Jedanke.

- Stimmt, sage ich, Sie hüpfen …

- Was denken Sie, wie schnell ich bin?

Mitten im Satz hat sich Frau Kredelbach umgedreht und ist mit flinken Schritten zur Tür gegangen. Ich betrachte ihre Hausschuhe, aus denen Wollstrümpfe quellen.

- Na?

- Auf hundert Metern?, lache ich.

Sie guckt verlegen auf und nickt, und ich erinnere mich an meinen ersten Hundertmeterlauf, zwölf Jahre bin ich alt, Ostkampfbahn, dicke weiße Kreide markiert die Bahnen, die viel breiter sind, als ich erwartet habe, und jetzt, als ich mich bücke, noch breiter werden. Mir schlägt das Herz im Hals, jetzt gilts, denke ich und habe

Angst. Ein Mitschüler, den ich aus der Distanz kaum erkenne, hat vom Sportlehrer die hölzernen Startklappen in die Hand gedrückt bekommen. Ich trage keine Brille, obwohl ich eine gebrauchen könnte, denn die Kurzsichtigkeit beginnt sich auszuwachsen.

Wenn ich den Kopf hebe, sind die Startklappen fast so groß wie der Mitschüler, der die Klappen bei jedem Start mit peitschendem Knall zusammenschlägt. Ich kaure wie ein ängstlicher Hase im roten Sand und starre auf das unscharfe Sportgerät. Es hängt wie ein Ypsilon in der Luft und schließt sich, nachdem der Sportlehrer *Auf die Plätze* gebrüllt hat, überraschend lautlos. Jürgen neben mir jagt aus den Kuhlen der Aschenbahn, er hat bereits einen Meter Vorsprung, als ich hochkomme, aber vielleicht hat er nicht mitbekommen, was ich wahrnehme, ich bin verblüfft, dass der Schall uns erst erreicht, nachdem die Klappe zusammengefaltet ist, verblüfft und abgelenkt über den aus dem Nichts herüberwehenden Knall, und in meine Enttäuschung über seinen explosiven Start mischt sich Wut über die Spikes, die er trägt, das ist unfair, weiß der Teufel, wo er diese dünnen, schmalen weißen Lederschuhe herhat, aus deren Sohlen spitze Nägel herausragen, die ihn mit ratschendem Grip mühelos vorwärts treiben, während ich auf der Stelle trete und am liebsten stehen bleiben würde, und nur, um der Schmach zu entgehen, weiterlaufe, eckig und kurzatmig auf der stumpfen Aschenbahn, fünf Meter hinter meinem Klassenkameraden her, bis ich nach einer Ewigkeit den ersten und einzige Querstrich dieser Bahn erreiche. Dort hält der Sportlehrer zwei Stoppuhren in seinen Händen, als würde er einen Lenkdrachen fliegen, er hält sie weit von sich gestreckt, die Hand mit Jürgens Uhr ist längst unten, und meine Hand, mit meiner Zeit, hängt in der Luft, um endlich den zweiten Klick auszulösen, worauf ich abrupt stoppe und augenblicklich stehe, viel schneller als Jürgen, den seine Spikes noch in die Kurve tragen.

- Auf der Berrenrather, ab der Ampel, sagt Frau Kredelbach.

- Bitte?

- Ab der Ampel.

- Was denn?

- Wie schnell ich bin.

- Auf Ihrer Einkaufsrunde?, frage ich, und vor meinen Augen kauert sich Frau Kredelbach in ihre Startposition.

- Da gibt es diese neuen Automaten, sagt sie draußen vom Flur ihrer Wohnung. In der Filiale von der Sparkasse, wo ich ein Konto habe.

Frau Kredelbach steht im Türrahmen und ruckelt mit den Armen.

- Die Dinger, die so rappeln und klappern, wo die Leute davor stehen und sich wie die Aape festklammern.

- Wie die Affen?

- Sie sind heute wirklich langsam, tadelt sie mich.

- Wovon reden Sie?

- Wissen Sie, wie das geht?

Frau Kredelbach walzt auf den Küchentisch zu, keucht vor Anstrengung und mustert mich, und ich spüre das harte Holz der Eckbank. Ich richte mich auf und schüttele meinen Kopf.

- Nein, weiß ich nicht.

- Sie müssen Ihre Kontonummer eintippen, dann tut die Maschine das Maul auf (sie sagt et Muul op), Sie schmeißen Ihre Gröschelchen rein und die Maschine fängt an zu wippen und zu wackeln. Und wenn das Geld sortiert ist, landet das tirektemang auf Ihrem Konto.

- Doch, hab ich beobachtet, sage ich, die Markthändler nutzen das.

- Der Automat kann Münzen lesen. Am Schalter geht das nicht mehr. Die nehmen kein Geld an.

- Und was hat der Automat mit dem Laufen zu tun?, frage ich.

- Sie brauchen doch Münzen, sagt sie ungeduldig. Groschen. Gröschelscher, Marie. Das ist wichtig.

- Frau Kredelbach, sage ich, ich brauche erst mal einen Kaffee. Ohne geht es heute nicht.

- Oh, das tut mir leid, sagt sie amüsiert und zieht die Kanne aus dem Automaten. Milch, richtig?

- Sie scheinen eine Vitaminkur gemacht zu haben.

- Finden Sie?

- Sparen ist vernünftig, nehme ich vorsichtig den Faden auf, bis hierhin verstehe ich Sie, aber was hat Sparen mit Gehen zu tun?

- Nicht einfach nur gehen. Flöck jon. Wer flott unterwegs ist, lebt länger.

- Kommen wir jetzt zum Kern?

- Wie Kern?

- Ist es das, was Sie mir sagen wollen?

- Können Sie an Kindern sehen. Die Pänz rennen, fegen rum und haben ein langes Leben vor sich. Alte Leute wie ich nicht. Das ist erwiesen.

- Das stimmt wohl, sage ich.

- Und in Australien, sagt Frau Kredelbach, zeigt auf die Tür, als läge dort der fünfte Kontinent, deutet dann auf den Fußboden, vielleicht weil sie gehört hat, dass Australien *Down Under* heißt, und murmelt, da unten … ich habe heute keine Plätzchen angeboten.

- Danke …

- … hat man eine Studie gemacht, in Australien, und erusklamüseert …

- Bitte?

- Erusklamüseert, sagt sie, rausklamüsert, also … kennen Sie nicht? Herausgefunden, festgestellt, wie soll ich sagen? Gemessen …

- Was hat man gemessen?

- Wie flöck dr Dud es.

Ich betrachte Frau Kredelbach.

Sie erwidert meinen Blick.

Eine Pause tritt ein.

Sie guckt ernst.

- Wie schnell der Tod ist, wiederholt sie.

- Wie schnell der Tod ist, sage ich.

- Was denken Sie?

- Tja …

- In Km/h, gibt sie vor.

Ich war damals 13,8 Sekunden gelaufen, auf 100 Metern, 3,8 Sekunden über dem Weltrekord, der auf zehn Sekunden stand. Das war so schlecht nicht, fand ich. In gewisser Weise war ich auf Tuchfühlung mit den Cracks, zwar nicht so schnell wie Spikes-Jürgen, aber deutlich schneller als Frank. Frank war eine Enttäuschung. Bei dem begnadeten Fußballer, der so viel von Technik verstand, jeden Ball lautstark forderte und aus dem Fußgelenk Pässe über 30 Meter spielen konnte, die zwar nicht immer ihr Ziel erreichten, aber Anlass für lautstarke Ermahnungen, wo wir hätten stehen müssen, waren, rasteten die Zeiger bei 15 Sekunden ein, wir waren perplex, aber mehr gaben seine Beine nicht her, Frank war gestakst. Im Ziel hatte er verächtlich geschnaubt und den unvergesslichen Satz gesagt, *Mit Ball am Fuß wäre ich schneller gewesen.* Vielleicht musste ein Mittelfelddirigent nicht schnell sein. Frank war daher kein guter Vergleich. Ich maß mich mit den Leichtathleten. Wie Jürgen. Der hatte über die Hundert-Meter-Distanz eine Zwölferzeit geschafft.

- Das weiß ich nicht, sage ich.

- Raten Sie, wie schnell der Tod ist, drängt sie.

- Hundert.

- Nein, sagt sie entschieden. Weniger.

- Zehn Km/h?

- Nein, sagt Frau Kredelbach. Nein, nein. Da vertun Sie sich. Der Sensemann ist nicht gut zu Fuß. Der Tod kommt mit kurzen Schritten.

- Der Tod macht kurze Schritte?

- Wenn er nicht in Eile ist.

- So.

- Der hat 2,9 Stundenkilometer drauf.

- Schau an, sage ich.

- Der Tod ist nicht *Rubbedidupp* unterwegs, sagt sie.

Frau Kredelbach hebt die Hände, um meine Fragen abzuwehren - er hat nicht selbst bei der Studie mitgemacht, sagt sie, nicht dass Sie das denken, nicht direkt, jedenfalls hat man ihn nicht gesehen.

- Was sagten Sie, wie flöck ich gehe?

- Sie?

- Ja.

- Schneller als er, sage ich, und schmecke Aschestaub und Verzweiflung.

- Ja, ich bin schneller, sagt sie, weil von hier bis zum REWE sind es 500 Hundert Meter, hin und zurück ein Kilometer, ich brauche eine Viertelstunde, habe ich gestoppt, allerdings ohne Tasche. Mit vollem Büggel dauert es länger, da muss ich stehenbleiben, durchpusten, aber das gilt nicht, man darf ohne Büggel rechnen.

- Sagen wir eine Viertelstunde, rechnen wir damit. Eine Viertelstunde für einen Kilometer, macht also vier Kilometer in der Stunde, soweit richtig?

- Ja, sage ich.

- Das ist theoretisch, das Ergebnis, die eine Stunde, gesteht sie, weil, so lang gehe ich nicht. Würde ich nicht schaffen. Man kann aber nicht gepfuscht sagen, man muss das umrechnen. Im Sprint bis REWE schaffe ich 4 km/h, das ist doch nicht schlecht, oder?

- Nein, sage ich, das ist schnell.

- Und das reicht, sagt Frau Kredelbach.

- Wofür reicht die Geschwindigkeit?

- Schneller zu sein wie der Sensemann. Darauf kommt es im Leben an.

Sie legt beide Hände auf die Rückenlehne des Stuhls und sagt, können Sie sich merken, das ist Wissenschaft.

- Okay.

- Bei der Studie haben tausend Australier mitgemacht, sagt sie. Alle sind zu Fuß gegangen. Das war eine große Untersuchung. Die hat Wert.

Ihre Stimme bleibt oben.

- Tausend Australier, bestätige ich.

- Und nur wer 2,9 km/h schaffte, kam durch. Der entging dem Tod. Wer langsamer als 2,9 Km/h war, hat die Studie nicht überlebt. Ich meine, die Auswertung. Sie brauchen den Kaffee nicht zu verschütten. Es ist so. 2,9 Km/h. Das ist dem Tod sein Tempo. Nicht viel, oder?, sagt sie triumphierend.

Ich gebe ihr recht.

- Ich übe seitdem. Merken Sie. Weil 4,8 km/h besser wäre. Die Leute, die so schnell unterwegs sind, waren noch fünf Jahre nach der Untersuchung am Leben.

- Das ist interessant, sage ich.

- Ja, das ist spannend. An einer kleinen Zahl hängt unser ganzes Glück. Vier Komma acht! Sie schaffen das.

- Danke, sage ich.

- Ich nicht.

- Aber vier.

- Vier, sagt sie. Bis REWE.

- Aber zurück zum Geld, sage ich. Was ist mit dem Kleingeld?

- Die Marie? Ja, irgendwovon müssen Sie doch leben, wenn Sie alt werden. Und dafür spare ich.

- Verstehe, sage ich.

- Ist nicht einfach, an Moppen zu kommen, sinniert sie.

- Sie legen etwas zurück?

- Ich zahl beim REWE mit Scheinen. Ich kriege dann die Nüsele abgezählt, die die in der Kasse haben, und so komme ich an meine Gröschelscher.

Frau Kredelbach strahlt.

- Super, sage ich.

- Ja, sagt Frau Kredelbach zufrieden und setzt sich zu mir.

Sie gießt sich eine Tasse Kaffee ein.

- Wissen Sie, was mich besorgt?

- Dass Ihre Beine irgendwann nicht mehr wollen?

- Ich bin in Sorge, weil immer mehr Leute mit Karte bezahlen. Da habe ich Bammel vor, dass dann nichts mehr in die Kasse kommt, wenn alle das Platikkärtchen oder ihr Handy benutzen.

- Doch einen Keks? Was meinen Sie?

Wie beim Eisstockschießen

Kann man wenigstens sehen, wo das herkommt?, fragt Frau Kredelbach.

Ich habe ihr Küchenfenster geöffnet, ein Blick drauf geworfen und gesagt, die Dichtung ist gerissen.

- Hier läuft Wasser durch.

- Das hat mir noch gefehlt.

Der Himmel über Sülz ist eine betongraue Melange. Die Wolken rutschen über die Dächer, bleiben an den Schornsteinen hängen und reißen auf. Sie lecken und triefen.

Ich wringe das Handtuch, das auf der Fensterbank liegt, aus und schließe das Fenster.

Meine Nachbarin ist deprimiert.

- Ich kann es nicht leiden, wenn es draußen glatt ist, sagt sie, ich kann es nicht leiden, wenn es grau ist, ich kann das alles nicht ab.

- Bis zum Frühjahr dauert es noch, sage ich.

Frau Kredelbach antwortet nicht. Sie widmet sich ihrem Besteck und trocknet die langen Zinken der Gabeln ab. Einzeln. Sie zieht die Schublade auf, räumt die Gabeln weg und denkt an den Anruf. Ihr Sohn Hubert will, dass sie sich entschuldigt. Frau Kredelbach soll sich bei ihrer Schwiegertochter entschuldigen. Weil sie der Vivien etwas Böses gesagt hat.

Das ist ein Desaster.

Ausgerechnet bei der.

- Wie kommt der Hubert darauf?, sagt sie. Von alleine käme er nicht drauf. Nie, sagt Frau Kredelbach.

- Was ist passiert?

- Das Vivien ist schuld. Das steht für mich fest. Die hat den Ärger ausgelöst, an Heiligabend!

- Das tut mir leid.

- De ahl Petschzang.

Frau Kredelbach nimmt ein Messer, sagt dat rosich Frettche, hält das Messer ans Licht, kratzt mit dem Daumennagel am Knauf, haucht auf die Klinge und murmelt Schraatelswiev, so beiläufig, als wäre Schreihals eine Marke wie WMF oder Zwilling.

- Nimmt die mein Geschenk nicht an.

Vor dem Fenster pladdert es los. Frau Kredelbach wirft einen grimmigen Blick nach draußen und prüft mit dem Zeigefinger die Schärfe des Messers, brummt etwas, das wie ahl Käzemöhn klingt, sagt, so ein überflüssiger Knaatsch, und wirft das Messer in den Kasten.

- Dat dusselige Önendönes

- Was haben Sie ihr geschenkt?

- Och …

Sie guckt ertappt, und ich muss lachen.

Frau Kredelbach wird ärgerlich. Sie schnauft.

- Es ist *so* mit dem Vivien. Ich gebe mir Mühe. Wegen dem Hubert. Aber die ist zuckersüß. Ich gebe mir wirklich Mühe. Was soll ich machen? Es ist vertrackt. Was haben Sie gefragt?

- Was Sie …

- Ah, was ich ihr geschenkt habe? Eine Saftpresse, wo

sie Zitronen ...

- Schöne Idee, sage ich. Eine Zitronenpresse. Kam nicht gut an?

- So zum drehen, von Alessi, teuer, kennen Sie bestimmt. Sieht aus wie eine Spinne auf drei Beinen. Fand ich passend.

Frau Kredelbach guckt mich unschlüssig an, und weiß nicht, ob sie sich amüsieren darf.

- Aber sie hat sie nicht ausgepackt, dat schäl Minka. Wahrscheinlich weil da kein Motor dran ist. Die Presse ist zum Selberdrehen. Mit der Hand.

- Scheint kein gelungener Abend gewesen zu sein, sage ich. Haben Sie etwas von ihr bekommen?

- Das kann ich gerade gut leiden, nicht auspacken, schimpft sie. Einfach nicht ignorieren. Einen driss Make-up Kasten habe ich bekommen. Entschuldigung. Soll ich nicht sagen. Ich habe eine Beauty Box gekriegt. (Frau Kredelbach sagt Butibox.)

Ihre Gesichtsfarbe ist dunkler geworden.

- Gehört sich das?, fragt sie. Das war ein Wink mit dem Zaunpfahl, das. Make-up! Dat zusselich Rüffje. Stand ich da mit dem Kasten und musste mir von meiner Enkelin das Geschenk erklären lassen. Aber ich habe danke gesagt. Ich will es mit der Jaqueline nicht verderben. Nicht dass Sie denken, ich hätte nichts gesagt. Das tue ich nicht.

Wie in jedem Jahr war Frau Kredelbach Heiligabend von ihrem Sohn abgeholt worden. Er fuhr sie nach Rodenkirchen, wo Frau und Tochter warteten. Die Lichterkerzen am Tannenbaum blinkten, Weihnachtmusik lief, der Tisch war gedeckt, mit der Vorspeise nahm das Unheil seinen Lauf. In Frau Kredelbachs Worten:

- Krabbensalat mit Cocktailsoße.

- Fein, sage ich.

- Das essen die in Rodenkirchen. Aus hohen Gläsern. Kein Mensch isst Krabben aus hohen Gläsern, außer der Vivien. In hohe Gläser können Sie Sekt schütten, nicht Krabben. Den Sekt kriegen Sie raus, die Krabben nicht. Ich weiß, wovon ich rede. Für den Sekt gab es Schalen. Da tät ich Pudding rein. Und das alles hat ich auf dem Glastisch vor mir, auf einem Glastisch, wo man sich auf die Knie guckt, weil der durchsichtig ist und man nicht weiß, wo man die Hände hinlegen soll, weil der eiskalt ist.

- Mag ich auch nicht, sage ich.

- Da kriegen Sie kalte Griffel, wenn Sie nur die Finger auf die Platte legen und Abdrücke macht das auch.

- Es gibt gemütlichere Küchen, sage ich und blicke auf ihren Resopaltisch.

- Nix Küche, Wohnzimmer, und die Vivien hat mich beobachtet, weil ich nicht wusste, wohin mit den Fingern. Das macht mich nervös.

- Willst du Handschuhe?, hat sie gefragt, weil ich das mit der kalten Tischplatte gesagt hatte, aber bevor ich antworten konnte, lag mein Glas da. Das mit den Krabben. Einfach umgefallen. Rosa Soße auf dem Tisch. Und die Krabben flogen quer über die Glasplatte. Das ging wie beim Eisstockschießen, die hörten überhaupt nicht mehr auf zu rutschen. Schöne Bescherung. Und ich hatte noch nicht mal probiert. Und das Glas war natürlich kapott, wegen dem Tisch. Weil der so hart ist.

- Wie hat sie reagiert?

- Ob ich Handschuhe will?! Das muss ich mir anhören. Handschuhe zum essen!

- Sie meinen, als der Kladderadatsch passiert war? Da war es still. Der Hubert hat die Luft angehalten und gedacht, wenn er nichts sagt, wird das Glas wieder ganz, und das Vivien hat mich schief anjeluurt.

- Eine Butibox. Habe ich das nötig?

- Nein, sage ich.

- Ich fing an die Krabben zu retten, um die Soße war es ja geschehen, aber die Vivien hat mir die Gabel weggenommen. Da können Splitter drin sein. Dabei war nur de Schaff vun däm Glas avjebroche.

- Nur der Stil?

- Zwei Teile. Die hat alles weggeräumt. Keine Vorspeise für das Duseldier aus Sülz.

- Sie hat Ihnen nichts mehr gegeben?

Frau Kredelbach fährt sich langsam mit der Hand über ihr Gesicht.

- Obwohl, was meinen Sie? Hier ein bisschen Farbe?

- Brauchen Sie nicht.

- Brauche ich nicht.

- Was gab es danach zu essen?

- Nix.

- *Lecker de Krabbe, wat Hubäät?, jo Hubäät, so frisch, wat sähs du, Hubäät?*

- Ich konnte zugucken.

- *Jaquelinsche, iss bitte das ganze Portiönsche.*

- Und als der Hubert mir eine Krabbe auf die Gabel spießen wollte, hat sie gesagt, jetzt wär aber gut. Der Hubert traut sich nichts.

- Aber Sie.

- Ich ald jo.

- Und?

- Gab es Knaatsch.

- Was haben Sie gesagt?

- Das ist ja unmöglich, habe ich Ihnen gar nichts angeboten, ruft Frau Kredelbach erschrocken. Ich bin so durcheinander. Erst bitte ich Sie, nach dem Fenster zu sehen, und dann erzähle ich von der Vivien.

- Ich mache einen Kaffee. Oder wollen Sie Tee? Nein, Sie bekommen einen frischen Kaffee. Sofort.

- Was ich gesagt habe? Ich habe gesagt, was mir auf der Leber saß, dass die Vivien mich wie ein Kind behandelt, wie ein Panz, dass sie den Hubert wie ein Panz behandelt und dass sie das Panz, also die Jaqueline, nicht wie ein Panz behandelt, sondern wie eine Prinzessin.

- Das finde ich gut, sage ich, endlich.

- Weil es nämlich keine Manieren hat. Und dann habe ich gesagt, dass ich nicht mit Handschuhe esse, bei mir nicht und bei ihr nicht, und dass ich das auch nicht vorhätte.

- Da war der Ärger raus.

- Ich wollte das nicht sagen. Es kam von allein. Ich musste es sagen. Ich will keinen Streit. Ich will, dass wir zusammenhalten. Als Familie. Aber da ist es aufgerissen.

Wie die Dichtung im Fenster. Alles kapott. Und das am Hillige Ovend.

- Vielleicht war es mal ganz gut, dass Sie ihre Meinung gesagt haben.

- Da kennen Sie das Vivien schlecht. Zwei Minuten war Stille. Dann ist die aufgestanden und hat nur ein Wort gesagt: *Hubert!*

- Aber wie. *Hubert!* Laut und schrill. Da musste der mich nach Hause fahren.

- Oh.

- Mit leerem Magen!

- Sie Arme.

- Meinen Sie, ich muss mich entschuldigen?

Besuch aus der Pfalz

Haben Sie das von den Flüchtlingen gesehen?, fragt Frau Kredelbach. In Somalia?

- Furchtbar, sage ich, wochenlang unterwegs, zu Fuß, nichts zu essen. Und dann der Staub und die Hitze in Ostafrika.

- Die hatten große Augen, sagt Frau Kredelbach.

Sie drückt sich Tränen aus den Augenwinkeln.

- Die Ärztin hat ein Maßband um den Oberarm gelegt und konnte nur den Knochen messen. Nur ein paar Zentimeter, so dünn. Und die Fliegen auf den Kindergesichtern, haben Sie gesehen? Ganz groß.

- Man sah sogar die grünen Facettenaugen.

- Schrecklich. Was war das für ein weißer Brei, den die aßen?

- Ich vermute Yams.

- Entsetzlich, sagt Frau Kredelbach, ich kann das nicht sehen, mir ist schlecht geworden. Und ich bin essen gegangen. Im Restaurant. Vorher aber, vorher. Mache ich sonst nicht. Wirklich nicht. Das ist mir zu teuer. Außerdem, das ganze Drumherum in den Restaurants, das ist nichts für mich. Ich gehe nie essen, außer Haus. Ich bleibe lieber hier, hier weiß ich, was auf dem Teller ist. Nur wenn meine Freundinnen aus der Pfalz kommen, ist das anders, die waren am Wochenende da, ich war essen, weil eine von den denen eine Feinschmeckerin ist.

- Sie waren im Restaurant?

- Die essen gerne da unten. Da bin ich mit.

Frau Kredelbach senkt ihren Blick.

- In der Pfalz gibt es Saumagen, sage ich.

- Was der Kohl immer aß?

- Soll eine Delikatesse sein.

- So schlimm, das alles. Margot kommt jedes Jahr in der Adventszeit. Mit dem Gabi und dem Erri, dann sind wir zu dritt. Die suchen das Lokal aus, immer ein neues und immer hier.

Sie reibt Daumen und Zeigefinger aneinander.

- Wo waren Sie essen?

- Südstadt, irgendwo hinter dem Chlodwigplatz. Als der erste Gang gereicht wurde, dachte ich, die Teller sind schmutzig. Ich wollt schon was sagen, dann habe ich was entdeckt. Spuren von Tintenfisch. Das sagt man da in dem Lokal aber nicht.

Frau Kredelbach hebt ihren Finger, da heißt es, Dreierlei vom Pulpo.

- Ach.

- Pulpo ist Tintenfisch, erläutert sie, und die Bedienung zeigte auf die streichholzdünnen Ärmchen von dem Tintenfisch, winzige hungrige Ärmchen, die sich bemühten ein Eckchen von dem Teller zu bedecken.

- Hat man Ihnen das Essen am Tisch erklärt?

- Meinen Sie, die armen Menschen aus Afrika wollen zu uns?

- Somalia ist weit weg, sage ich. Ich glaube, dass nur wenige den Weg quer durch Afrika an die Mittelmeerküste schaffen, wo die Flüchtlinge Boote besteigen.

- Die Bilder haben mich an die Kinder aus Biafra erinnert, damals. Liegt das da in der Nähe?

- Somalia ist am Horn von Afrika.

- Richtig, sagt Frau Kredelbach, da unten.

- Rechts, sage ich, im Osten.

- Ja.

- Biafra war in Nigeria, auf der anderen …

- Und ich gehe einfach essen.

- Das dürfen Sie sich zu Weihnachten leisten.

- Ja?

- Wie ging es weiter?, frage ich.

- Sie haben hier, sagte die Bedienung, die tat sehr vornehm. Meinen Sie wirklich, das dürfte ich?

- Wie oft gehen Sie essen?

- Einmal im Jahr.

- Sehen Sie.

- Hätten Sie hören sollen, wie die sprach. Sie haben hier, ich glaube, es war sardisch, eine in sardischem Nussöl gegrillte Tentakel (Frau Kredelbach hüstelt vor sich hin), so sprach die, ganz schnell, in der Mitte eine marinierte Tentakelspitze und rechts von Ihnen, sie drehte meinen Teller nach links, damit ich das kleine Ärmchen erkenn, ich sah trotzdem nichts, einen Filetstreifen vom Babypulpoarm in Nussbutterschaum.

- Da haben Sie sich was Besonderes gegönnt.

- Babypulpoarm! Die sagte auch noch, Guten Appetit! Stellen Sie sich das mal vor, einen Kinderarm.

- Mmh.

- Ich hatte den Kopf tief über den Teller gebeugt und

sag, hier ist noch mehr, was Rotes. Da war die Bedienung schon weg, ist ja viel los, vor Weihnachten. Das Rote waren Murre.

- Was?, frage ich.

- Murre, sagt Frau Kredelbach, Möhren, nicht größer wie Konfettiteilchen, und aus dem Nussschaum musterten mich Mostertköönerche.

- Senfkörner?

- Zwei Stück. Wie einsame Schwimmer.

- Gefiel das Ihrer Feinschmeckerin?

- Zu der Margot, die neben mir saß, sagte ich, ich hätte jetzt gerne eine Pinzette.

- Schön!

- Man kann doch mal einen Spaß machen.

Frau Kredelbach klappert mit Zeige- und Mittelfinger, als wäre ihre Hand eine Pinzette.

- Sie verstand mich aber nicht. Margot hört auf einem Ohr nicht gut, und ich hatte zu leise gesprochen, obwohl sie mir noch beim Aperitif gesagt hatte, ich säße auf ihrem guten Ohr, ich bräuchte nicht zu lachen, das würde man in der Pfalz so sagen, auf dem Ohr, und Gabi müsste lauter sprechen, ich nicht, links würde sie schlecht hören, und den Hörapparat hätte sie zu Hause gelassen, wegen dem Lärm in dem Restaurant, und ich rufe daher, so laut ich konnte, ich vermess en Pinzett!

- Die sollte es in einem Sternerestaurant geben, sage ich.

- Am Nebentisch drehten sie sich rum. Erri meinte, schrei nicht so. Das Margot tat mir leid, ich hatte ihr schon den Gruß aus der Küche zugeschoben, irgend so ein Glibberzeug im Teelöffel, ich wusste, dass sie Hunger hatte, sie war den ganzen Tag über die Weihnachtsmärkte gelaufen, ohne Mittagessen, und sie sagte, ist nur was für den hohlen Zahn.

- Wir zwinkerten uns zu und nahmen wieder von dem Brot, das war umsonst, und ich beuge mich zu ihr und wiederhole, *eine Pinzette*.

An der Zangenbewegung mit ihren knotigen Fingern scheint Frau Kredelbach Gefallen gefunden zu haben.

- Margot sah mich ratlos an. Ja, ist schwierig mit den alten Leuten. Pinzette ging nicht.

Frau Kredelbach klappt mit ihrer linken Hand die Finger der Pinzette zusammen und formt mit Daumen und Zeigefinger einen Kreis.

- Dachte ich Lupe. Ich sage, eine Lupe! Das wäre doch jetzt gut, oder? Margot guckte mich an, als hätte ich ihr auf den Fuß getreten. Mein Gott, Margot, dachte ich. Wie erklärt man Lupe? Haben Sie eine Idee?

- Linse, sage ich, Vergrößerungsglas.

- Ich habe gesagt, DM. Bei DM gibt es auch kleine Sachen, die man nicht erkennt, meistens die Preise, immer so klein, dass ich sie nicht lesen kann, und dafür haben die an den Wagen eine Lupe, extra für uns alte Leute, und so was wie bei DM, das wäre hier im Restaurant praktisch. Da eine Lupe neben der Gabel, ist noch Platz auf der Serviette.

- Sie haben gute Ideen.

- Hätten Sie aber mal meine Margot hören müssen.

- Im Drogeriemarkt?, meinte die.

Frau Kredelbach ahmt die Empörung ihrer Freundin nach.

- Ah, dachte ich, wenigstens hat sie mich verstanden, ja, sage ich, beim DM, am Wagen, eine Lupe.

- Nein, sagte Margot ganz entschieden, das stimmt nicht.

- Wie, das stimmt nicht?

- Nein.

- Fing die Margot an zu lachen, und wir waren plötzlich am streiten, im vollen Lokal. Und ich, oh ja, da ist eine Lupe dran, nutze ich immer.

- Nein, sagte es, ganz sicher nicht, und guckte mich komisch an, jedenfalls nicht in der Pfalz!

- Die hat sie nicht verstanden.

- Marjot, rief ich, du musst genauer hinluure, vürre am Waage, ganz vorne am Wagen, da ist eine Lupe, auch bei euch.

- Da bin ich mir sehr sicher, sagte die Margot spitz und streckte ihr Kinn vor, die kann richtig resolut werden, ich kenne doch DM. Inner Palz ham die des net. Ist vielleicht was für die Großstadt, weil ihr es so eilig habt.

- Was meint sie mit eilig?, frage ich.

- Ist das nicht schön?, wiederholt Frau Kredelbach, weil ihr es so eilig habt?

- Was dachte sie?

- Sie tät im Laden nicht überholen.

- Überholen?

- Habe ich erst auch nicht verstanden, sagt Frau Kredelbach. Den Kram auf meinem Teller hatte ich da längst zusammengewischt und mit der Gabel aufgespießt, das war nur ein Bissen, und gucke meine Freundin an.

- Das ist doch entsetzlich laut, sagt Margot, Wägelchen mit Hupe, lachte noch mehr und sagte, was für ein Quatsch, Anni, beim DM hupen. Und im Restaurant? Das geht erst recht nicht! Hupen!

Frau Kredelbach amüsiert sich.

- Hupe! Hupe statt Lupe.

Sie kichert.

- Müssen Sie verstehen, sagt sie, die Margot kommt vom Land. Da ist es leis. In der ihrem Haus hat jedes Ding seinen Platz. Püppchen in den Regalen, ein stummer Chor aus Stofftieren vor den Fenstern, Glassteinchen und Windspiele, kling und plong. Alles akkurat und geordnet. Da gibt es keine Hektik. Auch nicht beim Einkaufen.

- Eine Hupe am Wagen ist gar nicht so dumm, sage ich.

- Wissen Sie, dass ich plötzlich einen Film im Kopf hatte? Ich sah mich bei DM einen Stau auflösen, weil ich hupend auf den Pulk der Mütter zoras, die ihr Pänz en halv Stund de Färv vun dr Zahnbösch ussöke losse.

- Die Eltern kenne ich, sage ich, die suchen nicht nur gemeinsam Zahnbürsten aus, sondern diskutieren auch Vor- und Nachteile von Naturbürsten.

- Ich musste so lachen, sagt Frau Kredelbach, und sage zu Margot, kannst du dir das vorstellen, einmal dazwischengehen, so mit pöööp pöööp, wir zwei, wie damals im Autoscooter, auf dem Handkäsfest, weißt du noch, da war Masse unterwegs, erinnerst du dich, wie wir die anderen platt gemacht haben?

- Sie fahren Autoscooter?

- Sicher.

- Und die Margot:

- Oh, ja im Boxaudo, in der Palz häße die Boxaudos, weil man gecheneinander boxt.

- So spricht die, und während sie noch vom Boxauto am schwärmen war, kam der Hauptgang. Gänsekeule, das haben Sie noch nicht gesehen, so ein Brummer, passte gar nicht auf den Teller. Und lecker, sagen Sie, spenden Sie manchmal?

- Wofür?

- Für die Afrikaner. Die haben in den Nachrichten eine Kontonummer eingeblendet. Habe ich aufgeschrieben.

- Manchmal, sage ich.

- Nehmen die auch kleine Beträge? Ich habe ja nicht viel. Rotkohl gab es extra, der war mit Orangensaft, Portwein und Zimt gekocht, und junge Bohnen, nicht auf dem Teller, in kleinen Schälchen, der ganze Tisch war vollgestellt, ich glaube, ich mache das.

- Lassen Sie uns gemeinsam etwas spenden, schlage ich vor.

- Die Margot guckte mich selig an, ja, würden Sie mitmachen? Das finde ich gut, dann geben wir denen was. Und dann sagte die Margot, das klei Gänsche, das schnappen wir uns auch ohne Hupe, was?

Hosen mit Fenstern

Was ich Sie mal fragen wollte, sagt Frau Kredelbach, und ich ahne, dass eine so beiläufige Einleitung ein ernstes Thema anschneiden wird. Ihre Augen ruhen prüfend auf mir. Frau Kredelbach macht sich Sorgen.

- Was halten Sie …

Das Problem scheint groß zu sein.

- Ich darf Sie alles fragen?
- Klar, sage ich.
- Manche Menschen sind empfindlich.
- Fragen Sie.
- Was halten Sie von diesen Dingern aus Plastik? Den Sandalen? Die ohne Fußbett, die flachen? Die ganz weich sind? Diese bunten Dinger, ohne Riemchen? Haben Sie nicht, oder? Würde mich wundern. Ist billig, ja? Kann man da drin laufen? Nee, ne? Treppen geht nicht. Tut man sich weh, oder? Scheuert? Bestimmt. Haben Sie schon mal? In diesen Latschen? Wie heißen die gleich?
- Sandalen ohne Riemchen?
- Die haben einen Namen.
- Mmh.
- Die nur mit dem dicken Zeh gehalten werden.
- Flip-Flops?
- Für mich wäre das nichts. Ohne Strümpfe.
- Vielleicht am Strand, sage ich.
- Ja, am Strand.

Frau Kredelbach blinzelt in ihr Likörglas.

- Am Strand. Ist lang her. Aber das tragen die Leute hier, wo kein Sand ist, in Sülz, auf der Straße. Im Supermarkt. An der Käsetheke. Wissen Sie, was das Schlimmste ist?

- Sagen Sie es.

- Die Geräusche. Die machen fiese Geräusche, die Flip-Schlappen. Do klevve de Fööß fess.

- Was haben die Füße?

- Die kleben fest. Haben Sie mal drauf geachtet? Finde ich richtig, dass die jetzt verboten werden sollen.

- So?

- In Italien, stand in der Zeitung, weil die Leute so oft hinfallen, da in Italien, habe ich geahnt, dass die gefährlich sind, oder abstürzen, noch schlimmer, da unten, am Meer, an der Küste. In Cinque Sowieso. Haben Sie das nicht gelesen? Müsste man hier auch machen. Wollen wir noch einen ganz kleinen?

Sie deutet auf die Flasche.

- Ist von der Frau Wilden, die war in Kur, hat sie mir mitgebracht, Likör, wo war die noch mal? Nusslikör. Für mich aber nur einen ganz … da haben Sie es aber gut mit mir gemeint. Ich sollte eigentlich nicht, der Zucker. Na, dann Prost, mit Ihnen kann ich alles diskutieren, schön, dass Sie gekommen sind, Bad Wörrishofen war die Frau Wilden, auf Ihr Wohl, und nicht, dass Sie abstürzen, aber Sie haben ja keine, oder?

Meine Nachbarin drückt sich aus dem Küchenstuhl.

- Gucken Sie so lang mal auf die Kerzen, ich habe

nebenan noch mehr von dem Marmorkuchen. Der scheint Ihnen ja zu schmecken.

Einen Moment später ruft sie aus dem Schlafzimmer, wissen Sie, was die Jaqueline sich von mir gewünscht hat? Zum Geburtstag?

Frau Kredelbach kommt mit dem angeschnittenen Kuchen zurück in die Küche.

- Ne Jiens met Schnitt.

- Ihr Kuchen ist großartig, sage ich. Jeans mit was?

- Kennen Sie, sagt sie bestimmt. Sie haben eine anständige Hose an, aber die jungen Leute tragen nur Jiens mit Schnitten und Rissen. Das Jaqueline kennt alle Marken. Eine Denim wollte sie haben. Mit neun Jahren! Ich habe gesagt, von mir kriegst du keine Hose, die schon kaputt ist. Die sind teurer wie ganze. Nicht von mir. Ist das nicht komisch? Eine kaputte Hose ist teurer wie eine neue?

- Ja.

- Kaputt mehr wert wie ganz? Ich verstehe das nicht. Sie?

- Das ist gerade Mode.

- Wie die Flip-Schuhe.

- Genau.

- Ich würde mir keine Bluse kaufen, wo die Ärmel eingerissen sind und der Kragen fehlt, sagt sie. Würde ich zurückgeben. Auch wenn das Mode wäre. Da tät ich mich durchsetzen. Flip-Schoh und kapotte Botze, was ist das für eine Zeit, wenn man kalte Füße hat? Ich will nicht von früher anfangen, aber was bedeutet das? Können die

Leute es nicht abwarten, dass die Sachen kaputt gehen?

Als ich jung war, habe ich die Hosen von meinem Hubert geflickt, wenn der hingefallen war, ich weiß nicht wie oft, und heute, da kauft man sich Hosen, die schon kaputt sind und findet das gut. Ich verstehe das nicht. Der Stoff abgehobelt und Löcher drin und Risse reingeschnitten. Die machen das extra. Mit Maschinen. Habe ich gesehen, die Hosen werden mit Sand behandelt wie verdreckte Kirchenmauern. Nur dass die Hosen nicht sauber werden, sondern kaputt gehen. Kürzlich habe ich die ersten Azventzkalenderbotze gesehen.

- Zu Weihnachten?

- Die mit Fenstern.

- Hosen mit Fenstern?

- Die haben Fenster am Oberschenkel und am Knie, Fenster am Schienbein, schön quadratisch, hinten und vorne, Sie glauben es nicht, alle Türchen offen, als hätten wir den 24. Dezember. Wirklich alles offen. Bis auf den Hosenstall.

- Das macht man doch nicht. Höchstens vielleicht mal reinlinsen, das haben wir früher gemacht, vielleicht ein Stückchen naschen, wenn Schokolade drin ist, und auch nur im Fenster vom nächsten Tag, aber das Fenster macht man doch wieder zu im Kalender. Nicht bei den Hosen. Als könnte man es nicht erwarten. Wo bleibt die Überraschung?

Frau Kredelbach nippt an ihrem Likör, schlägt die Augen nieder und untersucht plötzlich ihr Glas.

- Sie wissen, was ich meine, murmelt sie.

Sie guckt hoch und errötet.

- Ich sollte nichts mehr trinken. Gleich fange ich noch an von den Tutuus zu reden, die man auf der Haut sieht, die die Leute sich stechen lassen.

- Sie haben recht, es ist nur Mode, und das vergeht wieder.

Mit der Hand wischt Frau Kredelbach über die blank gescheuerte Resopalplatte ihres Küchentisches und sammelt Kuchenkrümel ein.

- Vielleicht haben die ein Problem, die Leute, oder wir alle, so allgemein, sagt sie. Wenn man Sachen kaputt macht. Ich kenne mich da nicht so aus. Warum wollen die Leute nicht, dass die Sachen schön aussehen und funktionieren? Ist das Trotz? Wollen die nicht erwachsen werden? Was meinen Sie? Ich glaube, die Leute haben einfach zu viel. Meine Meinung. Zu viel neue Sachen. Und die doppelt. Wie die Vivien. Die hat alles. Alles in Neu, der ganze Schrank voll, aber nicht alles in Kaputt. Sie noch einen? Nein? Es muss immer mehr werden. Oder? Was meinen Sie?

- Ja.

- Ich habe mir überlegt, die Jaqueline kriegt von mir en Mötz un en Ömschlag …

- Eine …?

- En Mötz, eine gestrickte Mütze, damit der Kopf warm ist, wenn es durch die Hose zieht, und einen Umschlag zum Geburtstag, da tue ich Geld rein, dann kann sie sich selbst was kaufen. Ich will von den Schnitthosen nichts wissen. Der Kuchen ist gut, ja?

Sie schiebt mir den Marmorkuchen und das alte Messer mit dem Holzgriff zu und sagt, also, wenn ich mir das vorstelle, mit den Hosen, ich komme nicht darüber hinweg, glauben Sie, die Leute haben auch woanders Löcher?

- Woran denken Sie?

- Ich weiß nicht, sagt sie.

- Unterwäsche?, frage ich.

- Socken?, sagt sie.

Wir lachen.

- Nein, sagt Frau Kredelbach, das mit den Fenstern und den Löchern geht nicht. Ich würde doch auch nicht dem Marmorkuchen mit dem Kärcher zu Leibe rücken und den sandstrahlen. Der würde die Schokolade rausblasen. Wäre schade um die Schokolade. Und wie sähe das aus, was übrig blieb?

- Nicht schön, sage ich.

- Ein gelbes Gerippe, sagt Frau Kredelbach. Gelb mit Löchern drin, das wäre kein Kuchen mehr.

- Das wäre …

- Genau. Und wer will schon Käse zum Kaffee?

Zoom in Porz

Ich war im Autokino.

Frau Kredelbach strahlt mich an, dass der Flur heller wird.

- Ja, staunen Sie.

Ihre Augen hüpfen übermütig von meinem Gesicht auf meine Schultern und zurück.

- Kein Film, sagt sie vergnügt.

- Kein Film, wiederhole ich brav.

- Wor ne Jig, sagt sie listig und zieht ihre Augen zu dunklen Kugeln zusammen.

- Was war das?

- Ein Jig.

- Aha.

- Kennen Sie nicht?

Wir stehen am Briefkasten, Frau Kredelbach hat den *Wochenspiegel* in der Hand und tut so, als würde sie die Schlagzeile lesen. Sie liest aber nicht, sondern vibriert vor Mitteilungsbedürfnis.

- Der Hubert hat mich mitgenommen, nach Porz.

- Ein Gig?, frage ich, ein Konzert?

- Wissen Sie, wer da aufgetreten ist? Die *Rabaue*.

- *Rabaue?*

- *Ich hab gute Laune.*

Ich gucke verständnislos.

Frau Kredelbach fragt, nein?

- Die singen sogar in Österreich. *Lass mich dein Skileh-*

rer sein. Auch nicht?

Jetzt ist meine Nachbarin enttäuscht.

- Das sind Leedscher, die die Vivien gut findet, Schlager, wie *Die Nacht ist nicht zum Schlafen da.* Sagt Ihnen wahrscheinlich nichts.

- *Kasalla*?

Ich nicke.

- Die traten danach auf.

Jetzt ist sie beruhigt.

- *Stadt met K*, schön.

Frau Kredelbachs Augen schimmern.

- Die Jaqueline wollte *Kasalla* hören, weil der Sänger gut aussieht. Das ist der Sohn von einem von den Räubern, die haben ihre alten Lieder gespielt.

Schon fliegt Frau Kredelbachs Blick hinaus und schweift durch Sülz, *Kölsche Junge bütze joot*, sagt sie, und *Op dem Maat.* Danach kam *Brings*.

- Die auch?

- Die hatten den Jig organisiert.

- Sie waren auf einer Karnevalssitzung?

- Sitzung geht in diesem Jahr wegen Corona nicht, nur Autokino ist möglich, aber ohne Hupen, das ist verboten. *Finger weg von den Hupen*, schrieben die auf die Leinwand.

Frau Kredelbach kichert, und ich glaube, sie wird ein bisschen rot.

- Wie war die Stimmung?

- Beim Jig?

- Ja.

- Em Waje joot, drusse nit. Draußen war keiner, saßen

ja alle im Wagen. Und keiner klatschte. In Porz klatscht man nicht. Da ist es still. Den Applaus würden Sie auch nicht hören, weil die Türen zu sind. Die Türen von den Autos. Macht dann wenig Sinn. Wenn uns was gefiel, haben wir auf die Lichthupe gedrückt, haben alle getan, das flackert wie im Gewitter. Ich möchte nicht vorne stehen, was meinen Sie, wie das blendet. Oder wir machten *La Ola*. Aber nicht mit den Händen, mit Licht, ein Auto nach dem anderen. Hat aber nicht funktioniert. Da war der Stoßdämpfertest besser. Das ganze Kino war am wackeln, weil alle wie die Dillendöppcher auf ihren Sitzen rumsprangen, vorne Hubert und Vivien, hinten Jaqueline und ich. Hoch und runter.

- Die Atmosphäre stelle ich mir seltsam vor, sage ich.

- Wie auf Melaten, bestätigt Frau Kredelbach, also akustisch. Grabesstille. Wissen Sie, wie das Jaqueline sagt? Spooky, sagt die. Spooky war auch die Sache mit dem Radio. Wir hatten erst keinen Ton im Auto, und von den anderen hören Sie nichts. Da wissen Sie gar nicht, ob der Jig angefangen hat. Sitzen im Auto und hören nichts. Ich habe das Fenster runtergelassen und einen Ordner gerufen. Der stand da, mit seinem Leuchtstab und wusste, wie das ging mit dem Radio.

- Der Ton kam nicht von draußen über Lautsprecher?, frage ich.

- UKW, 90 Komma 5, Radio. Als wir es hatten, sangen die Rabaue. Ohne Ton wäre das nichts gewesen.

- Hatten Sie einen guten Platz?

- Schon weit hinten, sagt Frau Kredelbach. Das Problem im Autokino ist das Parken. Da sind riesige Wellen im Boden. Der Hubert hat sich erst so hingestellt, dass wir nur das Nummernschild vom Vordermann sehen konnten, mehr nicht.

Ihre Hand zeigt auf den Küchenboden.

- Aber dann hat er rangiert, und wir haben die Sterne gesehen. Ist nicht einfach, im Dunkeln.

- Was Sie alles erleben.

- Die Vivien wurde am Büdchen sogar gefilmt, wegen der ihrer engen Klamotten. Da wird überhaupt viel gefilmt, die übertragen aus den Autos.

- Mit Kameras?

- Über Handy, da müssen Sie *Konferenz* drücken.

- Konferenz, sage ich. Zoom?

- Kennen Sie?, fragt Frau Kredelbach überrascht. Ja, Zoom. Zoom in Porz. Der Hubert hat mir erklärt, wie das funktioniert: Wer im Auto singt, kommt auf die Leinwand. Sah man sich selbst, im Kino, aber stumm, ohne Ton, quasi Stummfilm. Das ist nicht so, dass Ihr Gesang übertragen wird. Sie können sich nicht selbst im Radio singen hören. Kann nicht gehen, weil das Autoradio auf Sendung ist, da sind ja die *Rabaue* drin, aber Sie sehen sich singen. Oben. Verstehen Sie?

- Hm, sage ich.

- Egal, sagt sie. Ich glaube, am meisten hat es dem Hubert gefallen. Weil die Vivien bei ihm sitzen blieb. Die kam ja nicht raus. Sonst ist die in der Kneipe immer unterwegs und macht den Männern schöne Äugelchen. So konnten wir schunkeln. Aber nur zu zweit. In Porz bleibt man unter sich.

- Nur eine Sache habe ich vermisst. Kommen Sie drauf?

Frau Kredelbach wippt übermütig mit ihren Augenbrauen.

- Sie haben nicht getanzt.

- Ja, stimmt, lacht sie. Ich tanz doch so gern, und den Stoßdämpfertest können Sie nicht rechnen. Aber einmal sind das Jaqueline und ich ausgebüxt. Hinten aus meiner Tür raus, da ist ja viel Platz. Wegen dem Abstand. Auch die Autos müssen im Kino Abstand halten, immer AHA. Und dann haben wir uns in den Arm genommen und haben eine Runde gedreht. Der Hubert hat Lautsprecher in den Türen. So konnten wir draußen gut hören. Mir zwei haben auf dem nassen Asphalt getanzt und uns gedrückt, bis es einen Knall gab.

- Ach.

Frau Kredelbach lacht.

- War es dem Vivien in dem SUV schattig geworden. Hat die offenbar gefroren und die Tür zugeschmissen. Aber es kommt nicht auf die Zeit an. Ich hab den Moment gespeichert, hier, sagt sie und zeigt auf ihr Herz.

- Aber fragen Sie mich jetzt nicht, auf was für ein Lied wir getanzt haben.

- Darf ich raten?

- Dat sag isch Üch nit, nä, dat sag isch nit.